Rodrigo Valdez

Berkut

contos

1ª edição / Porto Alegre-RS / 2022

Literatura é crítica e autocrítica, humildade e liberdade. Literatura é empatia, conversa e troca, é tempo, repetição e dedicação, amor e paixão. Este livro é para Tomás e Pedro, para minha família, para meus amigos e para Ana Paula, sempre! **E para mim.** Porque espero que se divirtam lendo, tanto quanto eu me diverti estudando, efabulando e escrevendo.

Agradeço aos professores Paulo Ledur e Ariane Severo e ao pessoal do apoio: Ana Helena Rilho (fiel escudeira de Alcy Cheuiche) e Rudimar Bernardes (da AGE). Ao meu revisor/crítico e agora amigo Gustavo Czekster, aos colegas de oficinas, em especial ao Harold Hoppe, do Camobi, e, principalmente, ao Mestre, escritor, poeta, agitador cultural, declamador e grande formador de escritores (e de pessoas muito melhores), Alcy José de Vargas Cheuiche. Sua capacidade intelectual, empatia e paixão pela literatura são diretamente proporcionais à sua humildade e generosidade, o que é raro nos dias atuais. Muito obrigado!

"(...) A diversão da raiva e da desilusão, a diversão de amar e ser amado, de emocionar e se emocionar com esse baile de máscaras que nos faz dançar do berço ao cemitério. A vida é curta, o pesar inevitável, a mortalidade certa. Mas, no trajeto, em seu trabalho, por que não carregar aqueles dois balões inflados chamados Entusiasmo e Animação? Com eles, na viagem ao túmulo pretendo deixar alguns idiotas para trás, acariciar o cabelo de uma bela garota, acenar para um garotinho em cima de um caquizeiro. Qualquer um que queira se juntar a mim, há espaço de sobra no Exército de Coxey."

Ray Bradbury

Sumário

Parte I 9
I Berkut 11
II A maldição do cemitério 14
III A noite que não terminou 19
IV Feira do Livro 2030 25
V 2084 29
VI Óbidos 31
VII A Brasília 36
VIII Morcilha 43
IX O campeão 45
X Voo cego 48
XI Lavoisier 51
XII O Caolho 53

Parte II 59
XIII Crime famélico 61
XIV O guri de Areco 65
XV Lisístrata 69
XVI O bar do seu Rabelo 71

XVII Aquecimento global 75
XVIII Tratamento Precoce 78
XIX A mula..80
XX Materialidade 85
XXI Mais Médicos 87
XXII O agente..90
XXIII O cachorro...93
XXIV O visto 95
XXV Reconhecimento facial..98
XXVI Lava Jato..100
XXVII Bodas de Porcelana..103
XXVIII Vício profissional 106
XXIX Herói e ladrão?..110

Parte III...113
XXX Tuim..115

I
Berkut

Tenho quarenta e cinco anos, e os últimos dez vivi na plataforma de petróleo *Berkut*. Ela mede o equivalente a cinquenta andares, boa parte deles debaixo d'água, possuindo uma área igual a dois campos de futebol. Esta foi a primeira plataforma a ser transformada em lar perpétuo para migrantes indesejados, após a Assembleia das Nações Unidas decidir pela solução *Johnson*, sugerida pelo primeiro-ministro britânico, no sentido de *armazenar* os migrantes em navios de carga, porta-aviões e plataformas petrolíferas desativadas. A outra hipótese, defendida por boa parte das nações da ONU, dominada por governos ultrafascistas, era autorizar o extermínio dos *invasores*. Um sopro de humanidade venceu. Ao tentar entrar na Europa junto com outros compatriotas via Mediterrâneo, fomos presos pela marinha italiana. Aqui, na *Berkut*, divido o espaço com mais mil, setecentos e noventa e oito senegaleses, nigerianos e congoleses. Éramos dois mil quando chegamos; duzentas e duas pessoas já morreram, o que é bom, pois a comida vai ficando menos racionada. Temos velhos, adolescentes, crianças e adultos, mas nenhuma criança nasceu aqui porque fomos esterilizados antes de chegar, até os impúberes. Fiquei sabendo que as estruturas criadas são divididas por continentes, e, neste caso, deve existir um porta-aviões ancorado por aí, doado pelos Estados Unidos no meio do vazio do oceano, é possível que esteja vagando outra estrutura com migrantes indonésios, paquistaneses e bengaleses, e assim por diante. Qualquer vida é melhor do que estar morto. E viver um dia de cada vez também é uma forma de viver. Nos oceanos, os locais são escolhidos de acordo com o clima e as marés, a fim de privilegiar as menores oscilações de temperatura, correntes e tamanho das ondas, buscando evitar as intempéries.

A plataforma é autossuficiente: tem dessalinizadores para garantir nossa água potável, assim como energia limpa, segura e inesgotável assegurada por células fotovoltaicas e pela tecnologia de quebra do hidrogênio; tem hortas comunitárias em estufas e laboratórios, onde produzimos a *carne do futuro;* tem redes de pesca, que são armadas quando cardumes de peixes aparecem no sonar. A dieta é sempre a mesma, não há obesos entre nós. O cotidiano é um inferno de eternas repetições. Hora de acordar, de se exercitar, de trabalhar ou estudar (hora de brincar para as crianças), de almoçar, de jantar, de se divertir (assistindo filmes, disputando jogos ou transando) e hora de dormir. Somos muito organizados, e as torres da plataforma são lacradas para evitar os suicídios. Não temos cordas, correntes, ou cadarços nos nossos calçados; as facas e outros utensílios cortantes são controlados e guardados por nossa polícia interna. Ainda assim, uns dois ou três migrantes conseguem, a cada ano, concretizar a famigerada proeza. Ficamos tristes, mas, por outro lado, sabemos que haverá mais espaço e mais comida à nossa disposição. Temos nutricionistas, enfermeiros, médicos, psicólogos, cozinheiros, professores de educação física, cuidadores de crianças e de idosos, e religiosos, a maioria formada aqui.

Vivemos assim. Não custamos nada para as outras nações. Ficaremos aqui isolados... até o fim.

Sei que não serei o último. Ainda bem.

II
A maldição do cemitério

Com seis mil, duzentos e sessenta e nove habitantes, a cidade de Santa Úrsula tinha, e continua tendo, apenas um cemitério. E o que lá sucedeu foi deveras estranho.

Aos oitenta anos, morreu Ziza, dono do açougue mais antigo da cidade (*ubicado* no centro), responsável por atender a todas as senhoras e senhores da região. A clientela era farta, e ele dedicava a sua cordialidade e empatia aos pobres e aos ricos da mesma forma. Vendia fiado, no caderninho, e, logo após desossar as carcaças que chegavam cedo pela manhã, já separava os cortes de acordo com o gosto e a possibilidade de cada freguês.

Por conta do açougue e dos numerosos filhos e netos, Ziza levou muita gente ao velório, até aqueles desocupados que nem conhecem direito o morto, mas acabam entrando para ver se encontram alguém conhecido. Inúmeros habitantes de Santa Úrsula passaram pelo cemitério, e muitos voltaram para a *última despedida* no final da tarde. Ao fim e ao cabo, em torno de trezentas pessoas ouviam as derradeiras palavras do padre.

Assim que o sacerdote encerrou a cerimônia, as carpideiras começaram a chorar copiosamente e o caixão foi baixado à cova. A fenda recebeu a terra necessária ao descanso eterno, e logo o povaréu passou a se deslocar para a única saída do sepulcrário.

Quando estavam chegando perto do portão, uma anciã, corcunda e cujas rugas lembravam um leito seco de rio, conhecida na cidade como *a bruxa*, neta de pajé e filha de uma índia com um antigo chefe cigano, postou-se na frente da procissão e gritou: *Alto lá! Ouçam o que vou dizer.* O tom imperativo da sua voz fez todos paralisarem como se uma parede de vento gelado se interpusesse no caminho. Ágil como uma onça, ela subiu em uma lápide mais larga, e vociferou: *Vocês, que tanto idolatram esse porco branco, não sabem nada dos seus pecados terrenos. Eu os amaldiçoo! Brancos exploradores e racistas. O primeiro a sair deste cemitério terá uma morte cruel e dolorosa!* Deu as costas para a plateia muda e retirou-se com passos calmos, sem olhar para trás.

Virando-se para os lados com olhares repletos de interrogações, enquanto algumas senhoras se abanavam com leques nervosos, os presentes se perguntaram: o que terá o Ziza feito a essa mulher? Ele era tão gente boa, ótimo pai de família, marido, avô, patrão, amigo.

Todos conheciam a bruxa em Santa Úrsula: ela morava em um casebre de madeira localizado no fim da cidade, quase na BR, e ficava a vagar por aí, lendo mãos e vaticinando para os incautos.

Acontece que, apesar do espanto, eles ficaram. Muitos bradaram que aquilo era uma bobagem, mas ninguém se dispôs a sair. Nem mesmo o pároco. Ele tentou acalmar seus fiéis, mas tampouco tomou a frente para deixar o campo-santo.

A notícia espalhou-se mais rápido que navalhada de canhoto. Naquela noite, quase não dormiram, discutindo quem deveria ser o primeiro a sair. A pessoa mais velha, a mais doente, aquele solteiro e sem família, o menos capacitado para o trabalho, o coveiro, o mais pobre, o deficiente físico ou mental: quem? Dormiram no chão, usando colchões, esteiras e a roupa de cama jogada por familiares sobre as grades do cemitério. Aqueles que tinham pequenos mausoléus no cemitério passaram a noite dentro deles, a casa destinada aos mortos servindo de teto aos vivos.

No segundo dia, as discussões continuaram, mas não houve consenso. Uma barraca foi erguida, em seguida outra, e logo várias delas formavam uma vila improvisada. Mais práticas, as mulheres organizaram-se para cozinhar e lavar roupas na fonte do cemitério.

Como o impasse não terminava, depois de uma semana, as pessoas que estavam longe de seus filhos, netos, pais, maridos e esposas, começaram a acolher os familiares na necrópole. Até as sogras. Em pouco mais de dez dias, *a população* já passava de mil e quinhentos moradores, todos sob o jugo da maldição. Uma sólida organização e divisão do trabalho foi arquitetada. Três professores começaram a ensinar as crianças no turno da manhã. Foi improvisado um campo de futebol com cruzes de madeira postadas como goleira. Uma biblioteca surgiu entre dois jazigos de famílias proeminentes de Santa Úrsula. Os agricultores confinados, aproveitando-se da fertilidade daquela terra minada de defuntos, plantaram árvores frutíferas e hortas orgânicas, contrabandearam gado, porcos e galinhas poedeiras e, em pouco tempo, o cemitério era autossustentável, inclusive exportando parte da produção para a cidade.

Como a população não parava de crescer, e já tendo nascido alguns *filhos do cemitério,* o Prefeito e a Câmara de Vereadores de Santa Úrsula, de olho nas próximas eleições, transformaram toda a área limítrofe em zona de expansão urbana, conseguindo verbas federais para a construção de um conjunto habitacional denominado *Cidade dos Pés Juntos.* Os servidores da Prefeitura, de forma dissimulada e sem entrar no local, aos poucos foram puxando a cerca mais para trás e para os lados, triplicando a área.

Foram definidos horários e regras para as atividades de trabalho e de lazer, algo que a maioria não observava fora dali, na sua outra vida, antes de estarem sob o jugo da maldição. Após quatro horas de trabalho, o ócio estava garantido pelo resto do dia, e outro turno de trabalhadores começava a sua jornada. Havia um clínico geral e um dentista, de modo que os moradores estavam relativamente bem cuidados. Remédios eram entregues pelo SUS, o de fora. Eram garantidas aulas de ginástica, corrida, futebol, xadrez e brincadeiras para as crianças.

Após um ano, as discussões sobre quem deveria ser o primeiro a sair foram esquecidas, substituídas por uma melhor distribuição dos mausoléus e conversas sobre as remoções dos cadáveres mais antigos.

No início do segundo ano de ocupação, depois da inauguração do prometido condomínio habitacional, provido de potente *wi-fi,* quando o cemitério já abrigava metade da antiga população, veio o golpe fatal. Foram inaugurados um *conhecido hipermercado* e *uma grande farmácia* na necrópole. Em alguns meses, os demais moradores deram um jeito de se mudar para a cidade recém-fundada, que prosperou como nunca.

Na extremidade do cemitério, na cerca do lado oeste, as pessoas às vezes reclamam do som de um chocalho nas noites de vento forte. Se tivessem um binóculo e olhassem para mais perto da linha do horizonte, veriam um esqueleto vestido com andrajos, oscilando em uma corda. Afinal, no dia do enterro do açougueiro, ainda tomada pelo ódio, a bruxa saíra do cemitério e se enforcara.

III
A noite que não terminou

Uma pequena rua com nome histórico: Travessa Lanceiros Negros. Em um bairro de classe média alta, esta denominação não tinha nada a ver. Muito diferente também do nome da rua onde acabava por desembocar: Nova Iorque. Nenhum negro no bar apinhado de gente jovem. Em plena pandemia, todos ignoram a exigência de máscaras, a não ser as próprias, que usam para disfarçar seus sentimentos. Meia-noite: música alta, metálica, misturada às vozes e ao cheiro de cerveja, espumante, vodca e batata frita. De repente, o céu é rasgado por uma sucessão de relâmpagos e a escuridão toma conta de tudo. É quando surgem e estacionam em frente ao bar quatro viaturas da Força Nacional Patriota. O responsável pela operação, protegido por outros sete policiais, desce com um megafone na mão:

— Não se mexam, fiquem calmos. Repito! Fiquem calmos! Foi decretado Estado de Sítio. Estamos sob lei marcial federal. Saiam do bar de forma lenta e ordenada e nada acontecerá. Mostrem seus documentos de identificação aos agentes da Força Nacional. Estamos atrás de um perigoso subversivo! Ele será levado e nada acontecerá aos demais.

As pessoas, mesmo não sabendo o que significa Estado de Sítio, entendem que a situação é grave. Reclamam, urram, mas o primeiro tiro de fuzil para o alto extingue a confusão.

Após mostrarem suas identidades, todos são liberados, com exceção de um. A turba tenta chamar motoristas de aplicativo, mas o *4G* não funciona, os celulares não têm sinal, o *Whatsapp* está congelado, o *Facebook* e o *Instagram* estão bloqueados. Isso ocorre com todos na cidade: a capital, Porto Alegre, está às escuras; o Rio Grande do Sul está às escuras; o país está às escuras. As comunicações foram interrompidas. As rádios e emissoras de televisão estão fora do ar. Os canais dos radioamadores rugem somente estática.

O caos espalha-se com rapidez. Famílias tentam fugir da cidade, mas a Polícia do Exército está nas rodovias, nas gares e nas estações de metrô. Ninguém pode sair dos seus municípios ou deixar o país. Os militares, fortemente armados, mandam as pessoas voltarem para suas casas e permanecerem tranquilas. Caças cruzam a noite, espalhando terror na população.

Não há nenhuma explicação, só angústia e espera.

Depois da noite que não terminou, às doze horas do dia seguinte, todas as emissoras de TV e rádios voltam a operar em rede única para transmitir o seguinte comunicado:

Informações de inteligência dão conta de que a Argentina movimentou todas as suas forças bélicas, com o apoio externo de uma grande nação comunista, no objetivo de invadir o Brasil e implantar esse famigerado regime, sanguinário e ditatorial. Graças ao preparo e expertise das gloriosas Forças Armadas, aliado ao alto poder de negociação da nossa competente cúpula diplomática, e com a ajuda de Deus, conseguimos repelir essa ameaça externa. Em troca da proteção e apoio dos Estados Unidos da América, entregaremos somente as reservas do Aquífero Guarani e a metade norte da Amazônia, onde não se está plantando soja. O momento é grave e único na nossa História; assim, é imprescindível a confiança e o apoio de todos os patriotas para vergarmos a lâmina que paira sobre nossas cabeças. Mantenham a calma e confiem no seu Presidente.

Após o comunicado, é divulgada uma lista das medidas tomadas pelo *gabinete de crise* para o bem da coletividade: fechamento do Congresso Nacional e dos demais poderes legislativos, do Poder Judiciário, de sindicatos, federações e confederações, da UNE, da OAB e Conselhos de Fiscalização de Classe. Governadores e Prefeitos são destituídos, e novos serão nomeados. São determinadas a *flexibilização* dos direitos fundamentais, proibição de reuniões, *supervisão* das comunicações e da mídia, *relativização* do sigilo de dados e da correspondência, *possibilidade* de invasão de domicílio, *busca e apreensão e prisão*, por *ordem de Autoridade*. Para finalizar, transforma-se o presidencialismo em monarquia: o Presidente vira Rei; sua esposa, Rainha; seus filhos, Príncipes. Ao menos, até que a ameaça externa seja contida.

É criado o Conselho de Segurança do *Brasil,* órgão de assessoramento direto do Presidente-Rei. Milhares de cidadãos, suspeitos de serem agitadores ou comunistas, antes monitorados nas redes sociais, são cassados, aposentados compulsoriamente, demitidos ou deportados do país por meio de *inquéritos militares sumaríssimos*: jornalistas, juízes, promotores, sindicalistas, médicos, advogados, intelectuais, artistas, escritores, poetas e principalmente letristas de músicas subversivas, além de políticos dos partidos de centro e esquerda. Quase todos foram presos *na noite que não terminou*, e levados para a Venezuela e Cuba. São recebidos no exílio mediante a *doação* de milhares de toneladas de soja, milho, algodão, cana-de-açúcar, frangos, suínos e bovinos. Na mesma semana, ocorre uma situação inusitada. O Fundador da Associação Nacional da Classe Média – ANACLAME, completamente embriagado, após sair de uma festa em comemoração à decretação do Estado de Sítio, invade o zoológico de Brasília e, em um arroubo de lascívia e bestialismo, *estupra* uma anta.

Após onze meses, nasce no zoo um animal metade anta, metade homem. O fato viraliza, torna-se notícia mundial. O Estado de Sítio já foi *amenizado* para Estado de Defesa, sendo sucessivamente prorrogado por quatro anos. O Presidente-Rei tem uma ideia. Por decreto, o animal é alçado ao *status* de Guru Supremo. Ele será o responsável pela edição de novas leis, já que todas, inclusive a Constituição, foram revogadas durante o Estado de Sítio. Como o animal só sabe assobiar, três filósofos do Planalto são designados intérpretes da sua vontade.

A rotina se repete: a anta dorme durante o dia, é alimentada ao final da tarde com o melhor feno transgênico e, à noite, começa a assobiar. No dia seguinte, as novas leis e diretrizes obrigatórias da sociedade são impressas e divulgadas, uma por dia, trezentos e sessenta e cinco vezes ao ano:

São extintos os Poderes Legislativo e Judiciário, o Ministério Público e os Tribunais de Contas.

A meritocracia é valor supremo e central do Estado, preponderando sobre quaisquer outros fundamentos ou princípios.

É admitida apenas a religião oficial neste território.

O Estado subvencionará a compra de armas para todos os cidadãos de bem.

Não existe pena de morte no Brasil, exceto em razão de fuga, perseguição ou flagrante delito de indivíduo negro ou pardo suspeito, e por decisão exclusiva da Autoridade.

A partir de hoje, todos colaboradores passam a ser sócios efetivos das empresas, no percentual máximo de 0,00000000000000000017%, com a respectiva supressão dos direitos a um terço de férias, décimo terceiro salário, adicional noturno, horas-extras, auxílio-doença, dentre outros, em contrapartida a tornarem-se empreendedores.

A propriedade e a desigualdade são direito de todos, e compete à Autoridade zelar para que se cumpra essa determinação.

Com a volta da extrema direita ao poder nos Estados Unidos, o país passa a ser um protetorado norte-americano bilíngue. Não gasta mais com políticos, urnas eletrônicas e eleições. O dólar está subvalorizado, permitindo à classe média viajar duas vezes por ano para Orlando e Miami.

Os combustíveis foram depreciados em trinta por cento. Brasileiros, com determinada renda ou patrimônio, podem emigrar para os Estados Unidos sem uso de passaporte.

A pequena rua com nome histórico, Travessa Lanceiros Negros, está novamente repleta de jovens brancos bebendo suas cervejas e ouvindo músicas metálicas, indiferentes a tudo.

Com a morte do Rei, o Príncipe primogênito, depois de mandar prender os irmãos, assume para um mandato vitalício.

O povo está feliz.

IV
Feira do Livro 2030

Estaciono meu carro em uma vaga coberta. Pagarei cinquenta reais a primeira hora e mais dez reais as posteriores. Assim, *quem não está comprando e movimentando a economia* permanece menos tempo no *shopping*, não fica por aí, zanzando sem rumo. Pagamos apenas pelo uso do espaço, e meu carro não estará protegido por nenhum tipo de seguro ou responsabilidade civil, isso depois que a Emenda à Constituição número 497 afastou a possibilidade das garagens e estacionamentos responderem por qualquer ilícito (furto, roubo ou estupro). Fico imaginando o que seria dos empreendedores sem essa importante alteração legislativa que combate o ativismo judicial.

Sempre odiei estabelecimentos de compras e lazer, mas desta vez vim com dois objetivos bem definidos: visitar a 75ª Feira do Livro de Porto Alegre, que ainda resiste, muito embora grande parcela da população acredite que os livros não têm qualquer serventia, e comprar uma calça de brim. A Feira não ocorre na Praça da Alfândega há mais de cinco anos, quando o local foi alvo de uma parceria público-privada e o novo gestor, que explorará o espaço por quarenta anos, resolveu locá-la para empresas, sociedades de propósito específico, eventos e feiras. À época, concordei. *A economia tem que girar.* Empreendedorismo é tudo. O Estado deve ser mínimo, só educação, saúde e segurança. Livros? Que cada um compre os seus em *sites*. Praças antes subutilizadas, e inclusive o estádio Beira-Rio, já foram transformadas em negócios mais rentáveis: prédios de apartamentos, hotéis, estacionamentos e centros de eventos. *A economia tem que girar.* O bolo precisa crescer para depois ser repartido, não é mesmo? Não gostei de a Feira do Livro funcionar somente em *shoppings* da cidade. Após as últimas pandemias, esses lugares se tornaram muito perigosos. Apenas do ponto de vista sanitário, lógico, porque estão cada vez mais seguros e distantes da criminalidade.

Abrimos mão da nossa privacidade para o bem de todos. As câmeras cobrem integralmente: fora e dentro das lojas, nos cinemas e até nos banheiros. Logo na entrada, somos escaneados e passamos, ao mesmo tempo, por um Raio X, medição de temperatura e reconhecimento facial. Assim, se a sua temperatura estiver acima de 37,5 graus, você é convidado a se retirar, mas ao menos ganha a isenção da cobrança do estacionamento. O reconhecimento facial, conectado aos bancos de dados, identifica de forma completa a pessoa: Carteira de Identidade Nacional, raça, filiação, endereço, prontuário médico completo, gênero, opção sexual, lojas e produtos preferidos, posição política e ideológica, *sites* mais visitados, árvore genealógica, amigos, histórico profissional *etecétera*. Essa maravilha da tecnologia também evita a entrada de facínoras no local, emitindo um alerta não sonoro, o qual permite a prisão de eventual bandido. Cedemos a privacidade, mas é para o nosso próprio bem e dos outros, não é mesmo? O Raio X previne a entrada de armamentos, e apenas cidadãos de bem que possuem porte podem adentrar com suas armas carregadas, apesar de os fuzis ainda não serem permitidos. O sistema não tem possibilidade de erro, porque, se houver alguma inconsistência no reconhecimento facial, serão analisadas as impressões digitais da pessoa. Além disso, aqueles que portarem celulares também serão identificados automaticamente pelo número de IMEI com o uso do sistema de geolocalização da empresa de telefonia. Por esse motivo, os *shoppings* são 99,9% seguros; ocorrem algumas chacinas, mas apenas uma ou duas por ano. Apesar disso, o número de frequentadores que saem felizes é infinitamente maior que o número de vítimas. Morre mais gente nas ruas. *A economia tem que girar,* não é mesmo?

Vim comprar livros. No entanto, eles não estão expostos no *shopping*. Em cada um dos quatro estandes, há cinco totens com telas de LCD, disponíveis para visualizar os livros. Quando chego na frente da tela, de acordo com os dados pessoais analisados pelo sistema de reconhecimento facial, são sugeridas apenas algumas obras de História, todas em papel. Os algoritmos devem ter visto que nunca compro *ebooks*. Assim é melhor, não perdemos tempo. Apesar de tudo, *a economia tem que girar*, não é mesmo?

Receberei os livros em casa em algumas horas.

Agora já posso comprar a calça de brim nova, porque tenho um encontro na minha casa hoje. Vou cozinhar para uma moça que conheci no *Tinder*.

Dirijo-me à área de roupas do *shopping*. Cada quadrante vende um tipo de produto. Tudo muito organizado. Entro na loja e o vendedor me recebe chamando pelo nome, ao mesmo tempo em que apresenta quatro modelos de calça de brim tamanho 44. Antes de sair de casa, tinha enviado uma mensagem para a página do *shopping* informando o que faria lá. As lojas já tinham recebido alertas com as minhas informações e os desejos de compra. Tempo é dinheiro, não é mesmo?

Fico feliz com a calça, era o tipo que os algoritmos diziam que eu gostava, mas acabo saindo com mais dezessete itens ofertados via mensagens em meu celular, com descontos crescentes e em cascata, vindos das lojas mais próximas, todas também de roupas e acessórios, previamente projetadas para otimizar as vendas. Lojas e algoritmos conversam entre si mais do que pessoas.

Chega! Vou embora. Estava me dirigindo ao estacionamento quando entra mais uma mensagem no meu celular. Os algoritmos *viram* a comida preferida da minha parceira de logo mais à noite. Recebo uma receita de comida tailandesa, assim como uma lista com os ingredientes necessários e a localização exata deles nas gôndolas do hipermercado. Vou ao mercado, assim aproveito e resolvo todos os problemas. A tecnologia está aí para nos ajudar: dando um pouco, recebemos muito.

Tempo é dinheiro, e *a economia tem que girar*, não é mesmo?

V
2084

Para Ernest Hemingway e Alcy Cheuiche

Puta que pariu! Começou a chover, um dos cinco dias de chuva ao ano, e justo agora eu, do alto dos oitenta e sete anos de idade, preciso sair de casa para trabalhar. Desgraça de *wi-fi*. Malditas empresas que derrubaram a lei da neutralidade da rede com a concordância de um governo puxa-saco.

Aperto o passo para chegar na parada de ônibus. Assim que estou abrigado, o meu nanocasaco informa que a análise da chuva encontrou traços de glifosato, 2.4D e atrazina, agrotóxicos não usados há mais de trinta anos por aqui. O *display* existente na manga oferece várias opções, ao mesmo tempo em que pergunta, por meio do microfone no meu ouvido:

– *Eliminar resíduos?*
– *Salvar análise?*
– *Enviar dados?*

Pressiono a primeira e a segunda opções. Não gosto de compartilhar dados, mesmo perdendo pontos no *ranking* do cidadão de bem.

O ônibus não tripulado está no horário, como sempre. Com a retirada do motorista de todos os veículos propulsionados, o trânsito agora flui de forma modorrenta, lembrando um rio denso e caudaloso, mas pelo menos não há mais mortes por acidentes.

Subo no ônibus. Apesar de lotado, não reconheço ninguém. Logo percebo que tampouco conseguiria, pois todos usam o seu *visorfone*, **no qual** estão falando, jogando *RPG*, transando ou assistindo a filmes.

Uma grande massa retangular branca colocada na frente do ônibus chama minha atenção. É uma geladeira antiquíssima, *Steigleder*. Quem foram os malucos que a deixaram ali? O seu interior está abarrotado de livros. Ninguém se interessa. Um volume surrado cai no chão. Leio as letras garrafais:

417ª EDIÇÃO

Levanto o livro. Não há capa. Abro na primeira página:

Ele era um velho que pescava sozinho em seu barco, no Gulf Stream...

VI
Óbidos

A gargalhada fura o silêncio e inunda os corredores do gélido Hospital de Óbidos.

– O quê? Ele morreu? Quebrou a cabeça? Mas que azar, hein... (ela ri alto). Estou livre.

– Não fale assim, Marta. Pobre do homem, parece que era um padre inglês.

– Que padre, que nada. Estava me perseguindo, agora o suplício acabou. Empurrei ele. Empurrei com gosto. Deus, me proteja.

– Deus te proteja? Ele era padre, deve até ter prioridade diante de Deus, não achas? Olha, faz um favor, fica quieta! Não fala mais nada, para podermos sair de Portugal. Um investigador virá falar contigo. Confirma que vocês caíram por acidente, se desequilibraram e era isto. As testemunhas tiveram essa impressão. Lógico, não sabem da tua loucura.

Ela começa a se lembrar.

O maldito tinha me seguido até o interior de Portugal, e aqui achava a ocasião perfeita para completar o seu objetivo. Estava eu passeando pelas muralhas deste castelo, fazendo a volta na cidade, quando de repente dou de cara com ele. O meu carrasco, implacável perseguidor. Analiso rápido o local. Graças ao caminho estreito, a situação é propícia: à direita, a muralha me protege de eventual queda, à esquerda não há anteparo, e o passeio só permite a passagem cuidadosa de duas pessoas. Não há espaço para tropeções ou encontrões, que seriam mortais: um voo livre de vinte metros.

Ele é esperto, paciente... vem me seguindo há anos, à espera de uma situação favorável. E é agora. Por que o meu marido desta vez não veio junto? Sempre foi assim. Enquanto eu visito igrejas, conventos e castelos, logo depois do primeiro, ele diz: É tudo igual. Vou te esperar naquele bar, conversar com o pessoal da cidade, com os nativos, saber da política, do futebol... Até logo.

O perseguidor também está ofegante: deleita-se com o meu medo ou sente excitação porque enfim vai concretizar o seu intento? O que faço? Não posso voltar, há pessoas aguardando atrás, todas circundando a cidade encastelada.

Vou passar pelo lado da muralha; qualquer coisa me seguro e o empurro. Chega! Não aguento mais! Uns vinte países, toda a América Latina, Estados Unidos, nem lembro mais direito os lugares onde moramos, e ele me encontra logo agora. O que faço? Vou passar...

– What's that crazy woman is doing? For Christ! She seems paralized. Oh, I'm really tired. I didn't figure out that this way was so difficult. What the hell! Several people waiting behind and this woman just stuck in front of me! I will pass by the outside... Ok. Let's go.

Ele está vindo, vou por dentro. Se encostar em mim, irei empurrá-lo para longe. Trocamos olhares, e cada um toma um lado no estreito caminho, passos vagarosos. Eu me esgueiro ao lado da muralha. Ele vai por fora, não olha para baixo. Ao passar, agradece:

– *Thank you*! E coloca o braço em cima do meu ombro.

Ele vai me puxar! Com um gesto rápido, empurro o perseguidor para fora do caminho, mas ele tem tempo de me segurar com firmeza. Caímos. Batida seca no chão...

A médica-chefe irrompe no quarto do hospital. Na cabeceira, o *Diário de Óbidos* informa, em letras amplas, a inusitada morte ocorrida.

– O senhor é parente de Marta, pois?

– Sim, sou o marido. Somos casados há trinta e cinco anos.

– Eu sou a médica responsável.

– Ela está bem?

– Sim, está sedada. Está com muitas fraturas, mas vai sobreviver. Marta teve muita sorte, caiu por cima do homem, que absorveu o impacto.

– E ele?

– Fraturou o crânio em quatro partes. Era inglês. As pessoas disseram que os dois se abraçaram e acabaram caindo. Primeira vez que isso ocorre aqui em Óbidos... Lógico, exceto na época das guerras com a Espanha e França, mas aí a muralha tinha outro uso.

– ...

– O senhor sabe o que pode ter ocorrido? O Delegado está ouvindo as testemunhas.

– Olha, é uma longa história. Marta é totalmente paranoica. Estamos sempre mudando de país, no máximo ficamos seis meses em cada lugar e ela já quer ir embora. Diz que *Ele* está atrás dela, que vai achá-la. Nunca teve cartão de crédito. Acha que poderia ser encontrada pelos locais das compras. Nunca teve conta em banco, dizia: "Não acredito em sigilo bancário. Se *Ele* prometer algo, os gerentes me entregam!" Telefone celular também não possui, o acesso ao sinal daria sua localização.

– Mas ela entende de investigação, hein?

– É a maior fã desses seriados policiais tipo *CSI*.

– Triste sina.

– É, mas não reclamo. Vivi ótimos anos com ela. Casamos cedo, Marta era linda. Tivemos um casal de filhos maravilhosos, que não falam mais com a mãe, pois ficam muito abalados quando ela começa a delirar. Começou a ter essas manias aos vinte e oito anos. No início, achei que era brincadeira, que iria passar, mas piorou. Psiquiatra, remédios, descarrego, tentei de tudo. Nada adiantou. Em algumas fases ela está bem, em outras, nem sai de casa. Não faz nada, fica na cama o dia todo. Desculpe o desabafo.

– Estou acostumada.

– Mas, e o tal padre, quem era?

– Estava curiosa e fiz uma pesquisa no *Google*. Era padre na Irlanda. Tinha setenta anos. Teria sido o responsável por centenas de abusos contra crianças e adolescentes nas décadas de 70 e 80, um caso que veio à tona há alguns anos. A imprensa o apelidou de *Vampiro de Dublin*. A Igreja indenizou as famílias e o padre sumiu, acho que foi aposentado. Devia estar em férias por aqui.

– Mas que azar o dele topar com a minha esposa.

– Azar? É o que chamo de justiça divina, mais rápida e certeira que a dos homens. Não fale nada para ninguém. Não deixe a sua esposa falar. Nunca tivemos essa conversa. Deixe comigo, falarei com o Delegado da cidade, e tenho certeza de que as testemunhas vão perceber que foi um triste acidente. Bom retorno ao Brasil.

VII
A Brasília

Tinha mudado *sem querer*. Caí naquele papo.
– Você vai morar sozinha. E eu vou continuar a morar sozinho, tá?
– Tá. É que não conheço ninguém em Porto Alegre. Fica comigo só no início, até eu aprender a andar na cidade?
– Tá.
Dormi uma noite lá. Depois a segunda. Nunca mais dormi no meu *apê*. Só ia pegar roupas e dar um oi pro Mosquito, meu ex-companheiro de *república*.
Não tardou para que me acostumasse com a ideia. Só não sabia o infortúnio matinal que me aguardava. Nunca gostei de acordar cedo, desde pequeno sempre preferi estudar, jogar bola, tudo à tarde. Rendia mais. Nunca fui daqueles que acordam de bom-humor, falando com os

passarinhos, com os bichos de estimação, com as plantas e até com o sol:

– Bom dia, sol! (que ridículo).

Sou tipo o Zé Buscapé do desenho animado: as palavras não saem muito bem na primeira hora da manhã. Preciso, no mínimo, de trinta minutos para acordar. Ainda bem que, quando comecei a trabalhar, foi em um banco, e o horário era civilizado, das 10 às 17 horas, com uma hora de almoço.

Na segunda-feira *pós-mudança-não-planejada*, aconteceu o primeiro sobressalto. Eram sete da matina quando tive um pesadelo. A cama tremia, o quarto tremia, tudo reverberava, parecia que o prédio ia ruir, lembrava um terremoto daqueles de filme. Acordei, e era real. O tremor de terra durou uns dois minutos e acabou sem explicação.

Tentamos descobrir o que seria aquilo. Uma obra? Alguém mexendo nas tubulações embaixo do prédio? Seria mesmo um abalo sísmico?

Na terça-feira, repetiu-se o fenômeno. Um barulho estrondoso ecoou novamente do térreo do edifício, e morávamos no segundo andar, bem em cima da garagem. Acordamos em um salto, outra vez assustados. Pensei em descer, mas era inverno e, nestas plagas do sul, sair às sete da manhã da cama é muito custoso. Preferi a ignorância à verdade.

Depois de algum tempo de suplício, notei que, no fim de semana, o barulho não acontecia. Em um dia de trabalhar *cedaço,* desci meio dormindo e descobri a causa do *terremoto.*

Duas meninas estilo bem patricinhas, aquelas todas *combinandinhas,* sempre usando bota preta, calça de brim justa, blusinha, bolsa *Louis Vitton*, anéis e pulseiras da mesma cor, óculos escuros bem grandes a cobrir quase todo o rosto – porque a moda agora é não enxergar, não reconhecer os outros -, entraram na garagem. Uma tomou o lugar do motorista em um Fiat Uno *Mille;* a outra entrou em uma Brasília amarela caindo aos pedaços (já tinha visto o carro, mas achava que era ferro-velho). Quando a guria deu a ignição na *brasa*, reconheci o barulho que me acordava quase todas as manhãs. Primeiro um estampido, tipo um tiro de *bazuka*, depois uma nuvem espessa de fumaça preta a sair do escapamento. Na sequência, tudo começou a tremer. A garagem fechada auxiliava na propagação do som e na reverberação. Não sei como os vizinhos aguentavam. Depois de uns dois minutos de manobras, a Brasília amarela retomou o lugar no box e o *Mille* seguiu o seu caminho, levando consigo as duas patricinhas.

Resolvido o mistério, passei a ter mais interesse naquele pedaço de ferro antigo que chamavam de carro. Um dia, decidi inspecioná-lo de perto. Havia de tudo dentro: sacolas de plástico, vidros com parafusos e pregos, serra tico-tico, alicate, chave de fenda, arames, cabos de aço, fios de toda a espécie, pedaços de cano, dobradiças, latas de cola, pincéis, lixas, esse tipo de refugos e materiais geralmente usados em consertos domésticos, na maior desordem.

Em um final de semana, vi um senhor grisalho sentado dentro da Brasília. Lógico, cheguei para conversar.

– Bom dia, sou o novo morador do 201. Mudei com a minha namorada.

— Bom dia, ouvi falar.

— E esse seu carro... que ano é?

— Comprei zero quilômetro da Miss Rio Grande do Sul, em 1973. Ela ganhou no concurso e não sabia nem dirigir. Comprei à vista, *uma em cima da outra*. Foi um bom negócio pros dois. Eu tinha também outra Brasília mais nova, ano 74, uma joia, só 300 mil quilômetros, mas vendi ano passado pra pagar a faculdade das minhas enteadas. Elas perderam o crédito educativo.

— Que lástima. Mas está meio estropiado o carrinho, hein?

— Que nada. Sabe quantos quilômetros tem? Quinhentos e sessenta e nove mil. Já fiz o motor duas vezes, está super bem, um pouco barulhenta, mas nunca me deixou na mão!

— E esses materiais todos? O que o senhor faz?

— Conserto tudo. Sou eletricista, encanador, marceneiro, o que o senhor tiver em casa estragado, eu conserto... e este é o meu *escritório*. Guardo tudo aqui. Minha mulher não gosta de bagunça em casa, nosso apartamento é pequeno. Pode parecer confuso, mas sei tudo o que tem aqui no carro e acho num segundo, mesmo parecendo bagunçado.

— Acredito.

— Como é mesmo o seu nome?

— Diego. E o seu?

— Ademar. Foi um prazer.

Desde então, passei a encontrar o seu Ademar com frequência na garagem. Ele estava sempre no *escritório*, mexendo, guardando, organizando um pouco daquela barafunda. Eu já notara que as *patricinhas* nunca iriam na Brasília a qualquer lugar que fosse, muito menos para a PUC, e, como nutria simpatia pelo seu Ademar e sua poderosa máquina, até estava passando a ter o costume de acordar mais cedo.

Seu Ademar passava mais tempo no carro do que em casa. No sábado, eu saía para jogar bola às duas da tarde e voltava às seis, e ele ainda estava lá.

Em um destes dias, fui falar com ele.

– E daí, tudo bem?

– Tudo. Quente hoje, não?

– Bastante. Desculpa, mas o senhor fica um tempão aqui no seu *escritório*, né?

– É. Aqui eu tenho as *minhas coisa* e gosto de tudo organizado. Ligo o radinho e fico ouvindo as notícias. Não gosto de TV.

– É, só tem bobagem, né?

Sinto um vulto ameaçador crescer atrás de mim e levo um susto, pouco antes de escutar uma voz trovejar.

– *Para de aburir el hombre, Ademar! No ibas a comprar pan? Vos ya estás ahi en ese maldito coche de nuevo?*

– Oi, tudo bem? Sou Diego.

– *Mucho gusto, Anastásia. Hasta luego.*

Quando aquele ser de conduta tão ameaçadora se retirou de volta para as escuridões da garagem, Ademar explicou.

– É a minha mulher, uma uruguaia, mas vive aqui há vinte anos. É viúva. Conheci ela ali no *CHIPS*, no bairro Menino Deus. Conhece?

– Já ouvi falar.

— Ela é meio tosca... No início não era assim. Mas é boa pessoa. Ah, tu tinha que ver como ela era bonita, tinha uma cinturinha... e olhos azuis. E o sotaque, então... acho que gostei mesmo foi do sotaque.

Eu não conseguia imaginar aquela mulher com *cinturinha*. Tinha os olhos azuis, realmente, mas era um tanque de guerra. Se usasse camisa, os botões seriam CDs. Um sapo-boi (estilo *Jabba the Hutt*) exageradamente redondo, baixote e com uma voz gutural. Lembrei das filhas do casal, que eram bonitinhas, mas ao lembrar da mãe, notei que o futuro dos genros de Ademar não seria dos melhores. Fiquei com pena do amigo e entendi as longas horas de arrumação e radinho no *coche*.

Ademar passou a ser o vizinho preferido, garantia sempre de um bom papo nos encontros fortuitos do prédio. Depois de alguns anos, sem querer botar olho grande no amigo, cheguei a pensar: quando ele morrer, a primeira coisa que as três vão vender será a Brasília. Daí vou comprar e largar a carcaça num sítio, para os meus filhos e os amiguinhos deles brincarem, com a vantagem de nunca mais ser acordado por aquele barulho infernal que morava no motor dela.

Em um dia de verão, fomos para a praia. Quando voltamos, a Brasília não estava na garagem. Achei que Ademar e sua família também tinham ido veranear. Começou o mês de março, e eu não ouvia mais o barulho. Perguntei ao zelador o que havia ocorrido.

— Ah, o senhor tava na praia. Não ficou sabendo? O seu Ademar faleceu em fevereiro. Do coração, não sofreu nada.

– Que pena, gostava dele. E a Brasília?

– No outro dia do enterro, o caminhão do Mensageiros da Caridade teve aqui, levaram o que tinha dentro do carro, até o radinho que o seu Ademar tinha prometido deixar pra mim. E rebocaram a Brasília.

– E a Anastásia, as meninas?

– As duas filhas foram morar nos Estados Unidos com os namorados. A esposa do seu Ademar voltou pro Uruguai, parece que Aceguá.

– Perdi o meu despertador.

– O que o senhor perdeu?

– Nada. Nada. Boa tarde.

VIII
Morcilha

Quando estava no *hall* do prédio já sentia aquele cheiro pesado, forte, ácido, levemente apimentado, salgado.

Ao chegar na porta, podia escutar o pipocar estrondoso da fritura, quase como se a casa estivesse borbulhando junto. Tudo ficava defumado: as toalhas, as cortinas, os móveis, nós. Minha mãe entrava na cozinha ralhando:

– Pedro, liga o exaustor! Que absurdo comer isto à noite!

Ao que meu pai retrucava:

– Deixa de bobagem, minha vó tinha um fogãozinho de duas bocas no quarto. Comia chuleta de porco frita, de noite, três vezes por semana. Morreu com noventa e oito anos, lúcida e alegre.

– É? Mas ela não comia morcilha.

– Morcilha só uma vez por semana...

Eu ficava louco para degustar aquela combinação densa e escura, ainda mais quando o pai, em um processo final, colocava farinha de mandioca na frigideira, e ela se tornava vermelha e esturricada, amalgamando-se.

Ganhava umas garfadas escondido.

Com outra especialidade ocorria o contrário. Eu e meus irmãos éramos vítimas de um estelionato semanal: comíamos bife à milanesa. Bem fininho, bem fritinho e bem sequinho. Lógico, com os acompanhamentos perfeitos, ele se tornava a melhor combinação já inventada (os franceses, a culinária *fusion* e a *molecular* que me desculpem): batata frita, arroz e ovo frito com a gema mole.

Achávamos estranho aquele prato que sempre permanecia no balcão da cozinha na noite anterior: uma carne escura em uma travessa, toda coberta de leite. Contudo, não ligávamos o corpo de delito ao crime.

Era fígado... bife de fígado. Os ardis da mãe: o fígado era embebido no leite para disfarçar o seu odor característico, em seguida, cortado fininho, passado duas vezes no ovo e na farinha de rosca e, ao final, era frito na banha bem quente. Esperávamos a quinta-feira com ansiedade. Quando tivemos consciência do estelionato era tarde, o paladar já estava doutrinado. Crescemos bem, alguns até demais. Crime não punível; afinal, os fins justificavam os meios.

Talvez seja por isso que hoje eu olhe quem está ao meu lado quando peço um quilo de fígado ou alguns exemplares de morcilha no Mercado Público. Alguns fazem cara feia, outros de nojo. Devem achar que o bom é comer açaí, granola ou um monte de sementes.

Não tenho a pretensão de virar passarinho. Não sou Mário Quintana.

IX
O campeão

    Desde que comecei, trinta anos atrás, sou o *Campeão* de vendas. Nunca troquei de trabalho, não vi necessidade; o dono me paga bem e é pontual, sempre nos sábados à tarde. Nas segundas pela manhã, eu passo na lotérica e pego um maço de dinheiro miúdo para troco e centenas de jogos já preenchidos: Loto, Mega-sena, Quina, Dupla-sena. O dono da loja coloca as cartelas no bolso direito da minha camisa e o dinheiro trocado no bolso esquerdo, dentro de um saco plástico. Uso sempre calça social e camisa para trabalhar, as pessoas respeitam mais.
    Começo a trabalhar às nove horas e paro em torno de seis da tarde, de segunda a sábado. Perambulo pelo centro de Porto Alegre, da Voluntários da Pátria até a Duque de Caxias e da Bento Martins até a Coronel Vicente, apenas neste quadrilátero. Sou meticuloso e determinado. Visito

as lanchonetes, cafés e bares neste espaço: vou no Tuim e no Clube do Comércio, passo na Assembleia Legislativa. Ao meio-dia, vou no Chalé da Praça XV e, depois, no Mercado Público: Gambrinus, Naval e outros restaurantes. Pena que o Dona Maria fechou. Ganho *espressos* de graça e, às vezes, até almoços. O Mercado é meu melhor ponto de venda.

Moro em uma pensão na Coronel Vicente; tenho o meu quarto e faço três refeições por dia. A minha mãe teria orgulho, todos conhecem o seu filho. Não conheci meu pai; não fez falta. Aos sábados, religiosamente às seis da tarde, vou em um *puteiro* que fica na Bento Martins, a Casa da Dinda. Faço assim desde que cheguei em Porto Alegre, vindo de Lajeado, e comecei a trabalhar na lotérica. No sábado é mais tranquilo, não há homens na casa durante o dia e, à noite, apenas estudantes bêbados procuram algazarra e alguma diversão. Aprendi isso logo no início, em uma terça-feira de tarde, quando esbarrei em um homem de aliança que saía do bordel e ele fez uma cara de nojo ao me enxergar. Também teve outra vez, quando fui em uma sexta-feira às nove da noite e nenhuma guria quis me atender porque era o último capítulo da novela das oito. Uma delas foi obrigada a ir para o quarto comigo; fez tudo com raiva e bem rápido, para voltar antes do fim da novela. A dona já é minha amiga: sabe que todos os sábados eu estarei ali, faça chuva ou faça sol, no inverno ou no verão, com *Covid* ou sem *Covid*, às seis horas da tarde. Chego nesse horário para pegar o *primeiro corte da picanha*, pagando cem reais por uma hora. Aproveito todos os 60 minutos. Quando escolho uma menina, tento repetir sempre a mesma, mas há muita mobilidade nesse negócio. Já peguei morenas, loiras, ruivas, negras e mulatas, gordas, magras, altas e baixas, mulheres de todos os tipos e gostos, em centenas de sábados. Algumas delas se seguram nas minhas orelhas. Sim, sou orelhudo. E baixinho. Outras me dão tapas na cara; talvez seja uma vingança delas contra os maridos, namorados ou clientes. Não é sempre, mas acabei acostumando.

O segundo lugar em vendas da lotérica é do *Bracinho,* que tem o braço esquerdo cortado na altura do cotovelo. O terceiro pertence ao *Caolho*, cego, que vende muito jogo no escuro. Já o quarto lugar é sempre do *Manquito,* rengo da perna direita.

E eu? Bom, sou *o Campeão*, apesar de ter nascido sem os braços colados nos ombros. Mas não reclamo, tem muita gente sem cérebro por aí.

X
Voo cego

Comecei a transpirar, sentindo o suor gelado. Cansaço, medo e a mesma pergunta ecoando no cérebro: o que estou fazendo aqui? Não precisava disso. Ora, o pior não vai acontecer! Não vai. Ele gosta muito de mim. E eu ainda tenho muitas coisas a fazer neste mundo.

Tenho só vinte e oito anos. Se Deus existe, que me proteja e ao Carmelo, que precisa de proteção bem mais do que eu. Vejo o marcador: quinze mil pés. O céu está lindo e, com certeza, aqui em cima estamos mais próximos Dele. Mas, com todo o respeito, não quero falar com Ele *tête-à-tête*, pelo menos não tão cedo.

Se acontecer algo, a culpa é minha. Por que fui inventar de andar de *teco-teco*? Voar nessa joça com hélice e três lugares, tudo para dar uma de *gostosão* e chegar a tempo no casamento do Léo... O padrinho com horas de atraso, chegando de *Sampa* em avião alugado após vestir o terno no banheiro do aeroporto de São José do Rio Preto.

Tento animá-lo.

– E o teu filho, como tá? É gente fina, gosto muito dele.

– Tá mal no colégio, Renato. Só quer saber de brigar na rua, e ainda peguei ele usando droga.

– Coisa leve? Maconha?

– Bem pior, cocaína. E não tem nem dezoito anos. Briguei com ele a socos em casa. Foi morar num amigo.

– Isso passa, daqui a pouco ele volta.

– Essa semana me chamaram no banco. Minha mulher fez diversos empréstimos, estourou o cheque especial, a dívida é impagável.

– Por quê?

– Disse que alguém precisava resolver as coisas em casa e pagar as contas. Como o meu salário tá atrasado, ela disse que deu um jeito.

– A empresa não tá te pagando?

– Não. Desde que tive problemas com o avião numa aterrissagem e quebrei o trem de pouso, eles estão segurando o meu salário.

– Ué, vocês não são sócios no avião?

– Sim, mas eles têm 80%.

– Isso é ilegal.

– Sim, e eu vou fazer o quê? Não são muitas as vagas de piloto aqui no interior de São Paulo. Ganho bem, mas não vejo dinheiro faz quatro meses.

Fico em silêncio, feliz em poder pagar três mil reais pela viagem de emergência; a soma irá ajudá-lo muito.

– Tu te recupera, Carmelo, vai por mim. Organiza as contas, paga só o necessário: luz, água, telefone. Banco? Que nada! Não paga nada para banco, negocia com calma. Eles dão descontos ótimos para quem não pode pagar. Quanto mais atrasar, melhor... entra pros créditos de liquidação duvidosa.

– Em quarenta e cinco anos de vida, nunca passei por isso. Estou com vergonha, triste, muito triste, não sei o que fazer... Não tenho nem vontade de sair na rua.

– Deixa disso, Carmelo... Tu é tão alegre, sempre pregando peças nos outros. Tudo passa.

O que estou fazendo aqui? Que situação... Talvez seja melhor ficar quieto e ver no que dá. Só não posso dormir: e se o piloto resolve largar o manche e mergulhar direto? Preciso seguir conversando. Já voamos cinquenta minutos. Ele me disse que seriam duas horas de voo. Estou cochilando, uma semana de festa naquele navio, nunca fiquei tão cansado... e de saco cheio daqueles metidos... mesma comida, mesmas pessoas.

O piloto começa a chorar.

– Sabe, Renato, já pensei em bobagem várias vezes.

– Chega, Carmelo! Daqui a pouco o teu avião fica pronto, tu consegue voar bastante, paga as dívidas, teu filho volta pra casa, tu faz as pazes com a tua esposa, que é ótima... ela só teve um descontrole. E dever pra banco não é nada demais. Para com isso!

Por que estou aqui? Gastei muito mais nesta viagem de avião do que no presente de casamento. Não posso dormir. Fala outras coisas pro Carmelo. Fala! Diz pra ele ir na igreja procurar ajuda.

Não resisto, adormeço.

XI
Lavoisier

Na minha casa, a lei do famoso químico francês era aplicada com rigidez: nada se perdia, tudo se transformava.

Talhou o leite: ambrosia.

Sobraram claras das gemadas: pudim de claras. Esse queijo está meio passado: pudim de queijo.

Esses pães estão velhos: *de meio, de quarto, cacetinhos* ou de sanduíche. Pelas mãos da minha querida mãe, tudo virava um *monstruoso* pudim de pão.

— Venham comer o pudim que fiz pra vocês.

— Mãe, eu não gosto desse pudim. Olha a cara dele.

— Bom, se não comerem o pudim de pão, não vão comer também o de leite Moça, quando eu fizer.

Então comíamos a contragosto, e nem era tão ruim assim, mas não tinha sequer comparação com o concorrente de leite condensado.

No entanto, o maior trauma da minha infância e a do meu irmão era a famigerada cola de farinha de trigo.

– Pai, compra mais cola Tenaz pra gente colar as figurinha?

– Já acabou a cola? Mas foi ainda na semana passada que comprei. Eu avisei que a cola é pro colégio, está muito cara!

– Mas, pai...

– Deixa comigo, vamos fazer a cola que o meu pai fazia, fácil e barata: a cola de farinha e água. Venham aqui, vou mostrar pra vocês.

– Mas pai, tu já fez esse grude, a figurinha não fica lisinha, fica toda enrugada no álbum. Nós não queremos.

– Mas é o que tem. Se não quiserem, não colem as figurinhas.

Com paciência, ele mexia farinha e água na panela até virar uma cola disforme, cheia de bolotas. Nós usávamos e o álbum ficava todo enrugado, um horror. Chorávamos com o resultado.

Mas depois, na década de 1980, veio a maior invenção do século: as revolucionárias figurinhas autocolantes. Era só destacar a parte de trás e colar de forma perfeita no álbum.

Foi a morte da famigerada cola de farinha.

XII
O Caolho

Os jogos duravam a tarde inteira. Iniciavam logo depois do almoço e iam até escurecer. Nas férias, então, era o dia todo. Só eram interrompidos para ir ao banheiro ou almoçar. Parece que estou ouvindo os gritos das mães:

– Vai esfriar a comida!

E o respectivo filho:

– Já vai, mãe. Só me deixa acabar essa...

Era assim até que uma mais impaciente descia e levava o jogador pela orelha. Doía na gente.

Eram fases. Cíclicas. Determinada época era jogar bola. Outra, campeonato de botão. Andar de bicicleta em bando chutando sacos de lixo e, algumas vezes, fugindo dos lixeiros fulos com a brincadeira idiota. Polícia e ladrão. Passávamos semanas na mesma brincadeira até que, um dia, simplesmente parava. E em seguida começava tudo de novo.

Contudo, com as *bolitas* era diferente, nunca foi brincadeira, era caso de vida ou morte. Eram as responsáveis pela gozação do outro dia. Tínhamos inclusive um *ranking*, para definir se íamos jogar às *brinca* ou às *ganha*. O objetivo: ganhar o jogo e as *bolitas* dos outros. Jogavam sempre quatro ou cinco, no modo eliminação. Quem ficava era o vencedor. O tal. O herói do dia seguinte.

Dava muita briga, quase sempre por causa das regras. Em outros casos, o problema era a aplicação das mesmas regras. Alguns roubavam, mudando a posição da *bolita* para mais perto do *boco* sem ninguém ver.

O Jogo: cinco *bocos*. Cinco buracos pequenos cavados no chão com o calcanhar, quatro localizados em cada extremidade de um X, e um *boco* bem no meio. As distâncias eram variáveis, de acordo com o espaço urbano disponível. Terreno plano, mas não perfeito, podendo ter grama ou não, areia, pedra, formiga, bicho-cabeludo, tatu-bola...

Par ou ímpar ou *dis-cor-dar* para ver quem começava e a ordem das jogadas. Quem acerta o *boco*, joga de novo e tenta entrar no próximo. Não havia ordem preestabelecida. Os jogadores precisavam fazer os cinco *bocos*. Feito o último, o jogador podia sair nicando as *bolitas* alheias, ou seja, caçando os demais. O objetivo era jogar a *bolita* dos oponentes o mais longe possível (para poder sacanear) ou então dar três nicadas e, assim, eliminar o sujeito.

– Perdeu! Sai do jogo, fica olhando... Vai plantar capim! Melhor, vai ver se eu tô lá na esquina.

O primeiro a sair era impiedosamente gozado pelos outros. Quem acertava a nicada seguia jogando e, se errasse, passava a vez para o próximo. A *bolita* precisava passar de um palmo de distância, no mínimo. Essa regra dava muita briga. Palmo de quem? Do que foi acertado? Do *nicador*? Ou do Nandinho, o baixinho da turma?

– Acho que não deu um palmo! Oôô, João Grandão! Vem cá! Mede aí. – e lá vinha o Paulão com a sua manopla ao melhor estilo do goleiro Manga – Não deu. Joga de novo.

Alguns jogadores seguravam a *bolita* no *cu de galinha*. Esses sempre perdiam, pois não conseguiam fazer do jeito clássico, como devia ser, ou seja, entre os três dedos: polegar, indicador e médio. Depois de segurá-la de forma correta, era preciso impulsionar a *bolita* com força e até com efeito, fazendo-a girar. Dessa forma, acertavam golpes secos nas *bolitas* dos adversários, fazendo a sua ficar e a do outro voar longe. Quebrar a *bolita* do outro era o auge da glória.

Como todo jogo, cada bairro tinha a sua regra. Alguns usavam o *fiquis* e o *corridis*. O *fiquis* era o seguinte: quando o nicado via que a bola ia correr muito, cair da calçada e entrar picando no paralelepípedo, interceptava a *bolita* com o pé.

– *Fiquis*! Hahaha.

O outro, antevendo a movimentação, tentava neutralizar:

– *Corridis*!

Por causa da parada não autorizada da bola, o nicador estava autorizado a dar um peteleco nela, jogando-a ainda mais longe.

– Não dou *fiquis*!

– *Fiquis*! Falei antes.

– Não falou!

– Falei... mentiroso!

Os outros intercediam, opinando sobre quem estava com a razão. Todos eram juízes, não havia suspeição ou impedimento. Sem essa intervenção, a porrada correria solta.

Ah! E tinha os objetos do jogo e da disputa. As *bolitas* azuis, as leitosas, as feitas de vidro e outras ainda de ferro. Essas últimas eram rolamentos de carros ou caminhões. Não eram permitidas, pois quebravam as demais.

Uma vez por ano, fazíamos um torneio *da zona*. Eliminatório. O ganhador jogava um campeonato com outros bairros. Era tudo meio improvisado, e a discussão começava ali mesmo.

– As finais vão ser melhor de três?

– Não! De cinco.

– De cinco é pouco... sete, então. No basquete é melhor de sete.

Ganhei uma vez o torneio da rua e fui jogar o campeonato. O vencedor levava um saco de *bolitas* ganhas dos outros jogadores que iam sendo eliminados.

Mais de trinta competidores, e eu jogando e ganhando. Após várias discussões e empurra-empurra, cheguei na final com o jogador mais respeitado e temido do bairro: o *Caolho*. Tinha esse apelido porque usava um tapa-olho no lado direito. Era um cara feio, forte, fedorento, maltrapilho; os boatos eram de que vivia na rua e praticava pequenos roubos. Com aquela aparência nem precisava de arma, era só chegar na vítima e pedir. Era um *maloqueiro*, mas jogava como ninguém. Se eu o batesse, viraria lenda.

O *Caolho* inicia, então, o ritual que eu só ouvira contar, mas nunca testemunhara: inclina a cabeça suavemente para baixo e para o lado, afasta o tapa-olho com a mão esquerda, dá uma sacudida na cabeça e faz surgir na mão direita uma *bolita* azul-leitosa linda, brilhante, perfeitamente redonda. Sinto-me ofegante, mas preciso continuar.

Ganho no par ou ímpar. Saio jogando. Dezenas de guris assistindo.

Fazer os cinco *bocos* logo no começo me daria uma ótima vantagem. Saio matando o primeiro. Vou no de baixo, na paralela, e faço. Aí vou no do meio e... acerto. A cada jogada, um suspiro da plateia. Faltam dois. Decido subir e fazer o *boco* da parte de cima, à direita do X. A *bolita* parece que não vai chegar, mas um declive no campo ajuda, e ela entra, mas foi por pouco. Falta um. Todos se olham. *Caolho* desdenha. Eu me concentro e jogo o último, na paralela de novo. A bola vai certeira, entra no buraco, rodopia e... sai. Fica do ladinho do *boco*, caprichosa. Um ÓÓÓ e depois risos.

Agora é a vez do *Caolho*.

Ele começa e, com rapidez, vai fazendo os *bocos* um a um, como se estivesse brincando, como um jogador de sinuca de alto nível, taqueando sem passar giz no taco, sem parar para se concentrar. Simplesmente atira e vai fazendo os buracos. Quando chega no último, justamente onde está a minha *bolita*, todos sabem que, se ele fizer, sairá matando e serei nicado ridiculamente. *Caolho* joga e acerta o *boco*. Logo, começa a caçar: dá uma nicada seca e fica parado ao lado do buraco, mas joga a minha bola muito longe. Acho que tentou quebrá-la. Ela fica a uns quatro metros do último *boco*. Todos riem, antevendo a minha derrota.

O meu adversário sabe que, na tentativa de fazer o último, preciso necessariamente me aproximar do buraco e, caso erre, ficarei à mercê da segunda e terceira nicadas. Minha única chance é fazer o boco em um lance de sorte, um *hole-in-one*, como se diz no golfe. Ninguém acredita.

Eu jogo com força, a bola vai na direção do *boco*, pica um pouco antes e... cai dentro, rodopia no buraco e... fica! Eu acertei. Estufo o peito. Dou uma nicada na *bolita* dele, com a força necessária para passar de um palmo, não ficar longe e pegar ele de novo. Dou a segunda: certeira, seca. Todos se olham, ninguém acredita. Mas coloquei muita força nesta jogada e a *bolita* adversária fica um pouco longe. Erro a terceira tentativa e me distancio dele. *Caolho* vai para o tudo ou nada e joga uma bola muito difícil, mas acerta de raspão: 2x2. Quem acertar o outro, vence. Minha *bolita* está no meio de um chumaço de grama. Os obstáculos naturais do campo não podem ser removidos. Ele joga e erra, mas fica preso em um monte de areia. Está na minha mira. Se eu o acertar, ganharei. Todos trocam olhares. Meus amigos encaram-me com desespero, como se quisessem dizer: *Erra, vamos embora, vai dar merda*! Eu olho para os desconhecidos, todos apreensivos: *ele* nunca perdeu. Então, eu encaro o *Caolho*, que me olha friamente de volta e diz:

– Vamos, moleque, acaba logo com isso. Um dia eu teria que perder mesmo. Só não achava que seria hoje!

Com as mãos trêmulas, eu jogo e... erro. É a vez dele, que acerta a minha *bolita* com força, quebrando-a em três pedaços. Eu perco, mas ganho... Irei para casa com meus amigos, todos ilesos. Ninguém ri, ninguém zomba. Nem o *Caolho*.

Ele aperta a minha mão com força, quase a quebra, e me passa algo; pisca com o olho bom e vai embora.

Só tive coragem de abrir a mão quando cheguei em casa. Era o seu *olho-bolita*, a coisa mais linda. Guardo-o até hoje, apesar de nunca mais ter jogado *bolita*.

PARTE 2

Os contos seguintes são totalmente ficcionais, com exceção dos gatos.

XIII
Crime famélico

> Conto inspirado em *Casos do Romualdo*,
> de João Simões Lopes Neto.

– Genésio, de quem são o cavalo e o cachorro amarrados aí na frente da delegacia?

– Do sujeito preso em flagrante nesta madrugada.

– O que ele fez? Contrabando?

– Não, Doutor Jacinto. Foi preso em flagrante porque cometeu dois crimes ambientais: um contra a fauna ictiológica e outro contra a fauna silvestre, nativa.

– Quais os fatos, Genésio?

– Recebemos uma denúncia anônima de caça e pesca ilegal na beira do rio Uruguai. Aí eu e a Miriam pegamos a camioneta 4 por 4 e fomos dar uma olhada. O vivente estava lá na beira do rio, ao amanhecer, perto da rodovia.

– E aí? O que encontraram com ele?

– Uma rede feiticeira de dez metros. Quinze dourados grandes, e estamos na época do defeso, né, Doutor? Uma capivara abatida a tiro e um tatu enorme, também alvejado. O sujeito tinha com ele um revólver 38 e uma espingarda calibre 22.

– Já comunicaram os familiares, Defensoria, Ministério Público?

– Já lavramos o flagrante, Doutor Jacinto, só falta a sua assinatura. Mas ficamos com pena dele, apesar da gravidade dos fatos. Ele não quis comunicar ninguém da prisão, disse que tem medo de ser demitido, que não tem dinheiro pra fiança e que prefere ficar preso, desde que alguém cuide bem do cavalo e do cachorro.

– Ele confessou, então? Admitiu os fatos?

– Não, muito pelo contrário, Delegado. Disse que atravessou o rio Uruguai naquele baixio que tem ali pras bandas do Saralegui e que levava junto a feiticeira que tinha comprado pra armar uma rede de vôlei pra peonada se *enterter* no fim da tarde, já que o futebol dá muita briga. Falou que a rede deve ter se desprendido da garupa e, no arrasto do cavalo pelo rio, acabou pegando uns peixes azarados. Daí não quis desperdiçar aqueles dourados todos.

– Tá bom, Genésio... E a capivara?

– Ele disse que, depois de sair do rio, quando tava margeando a BR, viu a capivara morta na estrada. Provavelmente o pobre bicho tinha sido atropelado. Quando se aproximou, levou um susto, porque viu a barriga dela se mexer. Deu um talho na barriga do bicho, e dali saíram seis capinchinhos. Como sabia que os filhotes não iam abandonar a mãe, resolveu enterrá-la pra que eles pudessem ter alguma chance de sobreviver.

– Tá bom, mas e o tiro?

– Disse que foi o pessoal que atropelou o bicho que deu o tiro na testa, pra acabar com o sofrimento. Com absoluta certeza deve ter sido gente da cidade, que não sabe ver animal sofrendo.

– Que interessante, Genésio... Mas, e o tatu?

– O tatu, Delegado?

– É... O tatu gigante.

– O tatu ele disse que matou sem querer.

– Como assim, sem querer?

– Ele contou que, quando deu a primeira pazada na terra com força, pra cavar um buraco e enterrar a capivara, ouviu um barulho seco seguido de um grito horrível. Na hora viu o que tinha feito: pegou bem em cheio na junção do tronco com o rabo de um tatu, atorando o rabo. Quando viu o animal, segundo ele, notou que era um tatu-rosqueira, bicho que, quando está em perigo, desatarraxa o rabo e foge do predador e, depois, passado o perigo, volta, cava um buraco no chão, faz o rabo cair de ponta, aí senta em cima e o recoloca, rosqueando pro outro lado.

– ...

– Disse que o tal tatu não consegue viver sem essa defesa, daí teve a ideia de pegar sua 22 e sacrificar o animal. Que o bicho nem fugiu; ficou ali parado, esperando pelo tiro.

– Muito bem... Só isso, Genésio?

– Não, Doutor. O sujeito contou que, quando pegou a arma e apontou bem pro meio da cabeça do tatu, viu escorrer uma lágrima do olho direito do bicho.

– Vocês botaram tudo isso no papel?
– Sim, Doutor Jacinto.
– Ficaram quantas horas ouvindo ele?
– Umas quatro.
– Pois bem, joga essa comunicação de prisão em flagrante na fragmentadora, Genésio! Eu que não vou fazer papel de palhaço na Justiça Federal.
– Mas, Doutor, é o depoimento dele.
– Tá bom, me traz esse vivente aqui. Será *crime famélico*. Ele vai dizer que caçou e pescou pra não passar fome.
– ...
– Bom dia, seu Laudelino. Sou o Delegado Jacinto Silva, da Polícia Federal. O senhor passou bem a noite, trataram bem o senhor?
– Sim, muito bem, Delegado. Só estou preocupado é com o meu cavalo, Zaino e o cusco, Lobo, lá fora, nesta friagem...

XIV
O guri de Areco

– Doutor Jacinto, um diretor de escola está aí. Quer falar com o senhor. Não disse o nome, mas falou que lhe conhece.

– Tá bom, me passa ele.

Puta que pariu, final de plantão é sempre assim, aparecem uns loucos com cada história absurda. Será o pé do Benedito?

– Bom dia, sou o Delegado Jacinto. No que posso ajudar?

– Bom dia, meu nome é Ricardo Canola, sou diretor da Escola Rural de Linha Guaíra. Conheço o trabalho do Delegado pelos jornais, e só ouvi elogios.

– Muito honrado, mas o que seria? Meu plantão encerra agora às 8 horas.

– Doutor, não queria incomodar, mas estão envenenando meus alunos, e ninguém faz nada.

– Como assim, então envenenaram a água, a merenda da escola? Foi um ataque terrorista, alguém morreu?

– Calma, Doutor, ninguém morreu... ainda. É que, quase toda semana, nesta época de preparação para o plantio, aviões pulverizam pesticidas nas plantações e a deriva leva todo o veneno para a Escola.

– Defensivos agrícolas, o senhor quer dizer.

– Agrotóxicos, Delegado. Os alunos até sabem identificar o produto pelo cheiro.

– E vocês já deram queixa na Secretaria da Agricultura, no órgão ambiental ou na Delegacia de Polícia Civil? Isso se teve alguém intoxicado mesmo... A questão é eminentemente local.

– Doutor, nosso município é pequeno, diferente daqui, que tem até Delegacia da Polícia Federal. Lá, os filhos dos trabalhadores têm medo de represálias, ninguém quer falar. Já procurei diversas vezes esses órgãos, e sempre me perguntam o mesmo: tu tem fotos ou vídeo do ocorrido, qual o prefixo do avião? Qual foi o horário exato do fato, tem testemunhas, as vítimas foram atendidas no posto de saúde? Sabe, com absoluta certeza, quem foi o responsável?

– ...

– Delegado, precisamos de ajuda. Estamos sendo envenenados aos poucos. As pessoas expostas, e ainda mais crianças em desenvolvimento, podem ter depressão, problemas endócrinos, até câncer...

– Sei, professor. Infelizmente, não posso fazer nada neste caso. A Polícia Federal só poderia atuar se houvesse algum interesse da União, no caso de existir uma unidade de conservação ambiental federal próxima, rio de fronteira ou algum dano regional. Ou se o produto fitossanitário aplicado fosse contrabandeado, mas não me parece o caso.

– Mas, e o rio Cabomi, que faz fronteira com a Argentina e fica a uns dez quilômetros da escola?

– Convenhamos, professor, dez quilômetros é muita distância. Se eu instauro um inquérito policial sem fundamento, a Lei do Abuso de Autoridade está aí, o senhor sabe.

– Tudo bem, Delegado. Agradeço a atenção.

Seis meses depois.

– Delegado Jacinto, sabe aquele professor que esteve aqui no ano passado? Deixou esta cesta com produtos orgânicos para o senhor. Tem mel, feijão, arroz, banana, bergamota, uns trinta produtos. Agradeceu imensamente e foi embora.

– Ah... então deu tudo certo.

– Mas, Delegado, o senhor mandou ele embora daqui, não instaurou nada, disse que nós não tínhamos o que fazer.

– Existe vida fora dos inquéritos, Genésio. Fiz umas ligações e vi que a história dele era fidedigna. Pensei muito nas crianças. Tive até um pesadelo na época. Sonhei com o barulho daqueles aviõezinhos vindo, se aproximando. Aí eu olhava pro pátio da escola e via os meus filhos, a Luísa e o Jacinto Júnior, tomando um banho de veneno. No final, eles viravam monstros, iguais àqueles do seriado do *Ultraman*. Lembra?

– Que horror!

– Aí, como sou amigo do Prefeito, que é do mesmo partido do Senador aquele, aproveitei o coquetel de inauguração do novo prédio da nossa Delegacia de Polícia Federal para chegar no homem e dizer: olha, Senador, fiquei sabendo de uns problemas com pulverização aérea pros lados da Escola Rural de Linha Guaíra. Disse (menti) que tinha um sobrinho estudando lá, e soube que esse negócio de deriva de defensivos agrícolas podia chegar até uns quinze quilômetros de distância.

– ...

– Segui falando, sem dar tempo pro Senador pensar: Vossa Excelência sabe, uma deriva desta magnitude poderia chegar no rio Cabomi, que fica na fronteira com a Argentina, e algum Delegado de Polícia Federal, recebendo uma denúncia anônima, poderia instaurar um inquérito para investigar todos esses fatos. Acho que o caso daria muita mídia, já que o assunto está na moda, mas a nossa região é tão rica que, se houvesse uma forma menos traumática de resolver a situação...

– E daí?

– Parece que a Escola Rural foi transferida. Removeram para um prédio bem mais novo e maior... ao lado de um haras famoso.

– Mas, por que, Delegado Jacinto?

– Cavalos são muito caros para serem envenenados, Genésio.

XV
Lisístrata

Bah! Mais um salão do museu, não aguento mais... Deixa ver o relógio, nossa, estamos há quase duas horas aqui. Vou *matar* esta visita em quinze minutos e *tô* só pelo almoço e *una Cruz Campo* bem gelada. Por que ela vai começar essa parte logo por ali? Justo no quadro mais apinhado de gente. As mulheres não têm objetividade mesmo.

– E aí, Teresa? Vamos embora? *Estoy con mucha sed y hambre*! Tu tá na frente deste quadro aí há horas e eu já vi tudo aqui. Vamos almoçar antes que tudo feche.

– Teu espanhol é sofrível, Jacinto. E este não é *um quadro*. É um ícone na história da defesa dos direitos humanos. Um grito de não à barbárie; ele fala sobre a importância de denunciar um crime contra a humanidade e dizer um basta a todos os ditadores e regimes totalitários!

– É aquele... como é mesmo o nome... o *Guernica*?

– Lógico, Jacinto. *Guernica*, de Pablo Picasso, pintado em 1937, logo após o bombardeio feito pelos nazistas, que apoiavam o general Franco, na Guerra Civil Espanhola. Bando de covardes. Destruíram completamente a cidade de Guernica e mataram boa parte da população com bombas incendiárias.

– ...

– Os nazistas queriam testar seu poderio bélico já antevendo a guerra que iriam começar, e Franco, um ditador sanguinário, quis simplesmente mandar um recado, uma ameaça do que poderia acontecer a quem lhe contrariasse.

– Tá bem, entendi...

– O que é repugnante e absurdo, Jacinto, é que o povoado não era estratégico, não era um *front* na guerra civil, não tinha qualquer importância no conflito, o que revela a monstruosidade do que aconteceu. O quadro existe para lembrar do que o ser humano é capaz.

– Se incendiaram uns comunistinhas, tava valendo.

– NÃO FALA BOBAGEM, JACINTO! Durante vinte anos dei aulas sobre este quadro na disciplina de História dos Direitos Humanos.

– Tá bom, desculpa, amoreco. Vamos almoçar. Estou morrendo de fome.

– Mas eu não vi tudo ainda...

– Fui! Me encontra no bar na frente do museu. *Voy a empezar con una cerveza y tapas.* Te vejo lá.

– Jacinto, me *espeeera,* preciso de mais quinze minutos aqui.

– *Hasta lueeego!*

– Se tu fores, vai rolar *Lisístrata* hoje à noite, no hotel.

– O quê?

– LI-SÍS-TRA-TA!

– Tá bom, te dou mais dez minutos.

XVI
O bar do seu Rabelo

Pé direito alto, paredes revestidas até uma boa altura com azulejos azul-claros, aquele cheiro de *mix* de frituras flutuando. Não há placa de *visite nossa cozinha*, apenas o amistoso aviso de *fiado só amanhã*. As mesas de madeira são quadradas e pequenas, os copos do tipo americano, o mais tradicional nos bares. É o típico boteco pé-sujo.

– Garçom, pode me ver o cardápio?

– Não temos.

– Como?

– Não temos cardápio.

– E o que tem de petiscos?

– Coxinha, quibe, batata frita, coração, almôndegas, ovos cozidos coloridos, ali naquele vidro grande no balcão, e a especialidade da casa, inventada por um cliente: pastel de guisado com tempero verde e creme de abóbora.

– Então, me vê um desses. E cerveja, o que vocês têm aí?

– Nada de artesanal, nem estrangeira, só temos Original, Serramalte, Skol, Brahma, Antártica faixa azul e Polar.

– Tá bom. Nada de Heineken e nem Bud. Paciência, me traz uma Polar bem gelada. Só podia ser esse o bar predileto do Jacinto.

– O que o senhor disse? Delegado Jacinto? Ele está naquela mesa comendo o pastel que criou aqui, e tomando uma Polar.

– O quê?

– Olha, ele tá vindo pra cá... Já trago a cerveja.

– O que tu veio fazer aqui? Quer me desmoralizar na frente dos meus colegas?

– Não estou entendendo. Quem é o senhor?

– Como vou explicar que o meu pai é mais novo do que eu? O que tu queres aqui?

– Vim visitar o bar predileto de um personagem para poder descrevê-lo no romance que eu...

– Ah, tá! Precisa vir aqui no bar pra isso? Inventa um lugar, ora. Veio aqui só para me constranger?

– Nada disso. Preciso de provas de que tu és o meu personagem, que não estão me pregando uma peça.

– Delegado de Polícia Federal, classe especial, Jacinto Silva, nascido no interior do Rio Grande do Sul, município de Bossoroca, em 31 de março de 1964, filho de militar/jornalista e professora de Sociologia, casado há vinte e cinco anos com Teresa, professora de História, e pai de gêmeos: a primogênita Luísa e o Jacinto Júnior.

– ...

— Como podes ver, cabelo castanho curto, olhos da mesma cor, nariz romano, mais protuberante em virtude de fratura ganha em serviço, pele clara, dono de uma voz profunda que faria inveja a qualquer radialista famoso, um metro e noventa centímetros de altura e peso nos três dígitos: tudo bem, admito que estou um pouco acima do peso para a altura.

— Costumas beber?

— Sim, bebo *socialmente*, sou ateu e supersticioso, mas respeito as outras crenças. Filho caçula de cinco, criado pelo irmão mais velho e pelas três irmãs, já que o pai estava sempre fora, no quartel ou fazendo bicos como jornalista, e a mãe tinha saúde frágil. Família de classe média baixa, mas que nunca passou fome e onde nunca faltou estudo. Passei por colégios públicos desde o maternal até o segundo grau. Fui alfabetizado tardiamente.

— ...

— Primeiro da turma na faculdade de Direito em Santo Ângelo, não que isso signifique muita coisa. Fui agente da polícia civil e agente da polícia federal, até passar no concurso dos meus sonhos, Delegado de Polícia Federal, em 1999. Defensor da meritocracia pura. Conservador nos costumes perto da minha filha mais velha, libertino nas atitudes quando estou falando com meu filho. Sou totalmente liberal na economia (mas não mexam com a minha aposentadoria, minhas diárias e com as ajudas de custo).

— Meu Deus do céu!

— Deus não existe. Deveria saber, pô, foi tu quem me fez pensar assim.

— Como isso pode estar acontecendo?

– Olha, todos os dias, cada vez que eu abro o Correio do Povo e vejo o que está acontecendo no nosso país, penso a mesma coisa. Lembra da tua imaginação, foi ela que tornou possível o nosso encontro hoje. Mas... vai, vai vazando! Esse negócio ainda vai acabar dando problema pra nós dois.

– Tá bom, estou meio confuso.

– E, no futuro, se quiser saber a descrição de alguém, de algum fato ou local, sensações ou sentimentos meus... me procura, não aparece assim sem avisar.

– Mas como eu faço isso?

– Usa a tua mente. Ela é poderosa. Está tudo bem entre nós. Mas só por enquanto: não gostei nada, nada mesmo, daquele futuro genro que tu me arrumou. Melhor consertar isso, senão a nossa próxima conversa não vai ser tão amigável. Ôo, seu Rabelo, o pastel aqui do moço, embrulha pra levar!

XVII
Aquecimento global

– Genésio, vamos lá no seu Rabelo tomar uma cerveja?

– Vamos, Doutor, mas o senhor paga, não recebemos este mês ainda.

– Tá bom, eu pago. Mas deixa de ser chorão, escrivão ganha bem, e tu é solteiro; não tem família e tá sempre reclamando. Queria só ver a choradeira se tivesse dois filhos para sustentar.

– Tá bom, Doutor Jacinto, vou encerrar aqui um relatório de réu preso e já podemos ir.

– Olá, seu Rabelo, vim comê-lo.

– Como?

– Brincadeira, me vê o de sempre.

– Salta um *pastel Jacinto* e uma estupidamente gelada para o melhor Delegado de Polícia Federal do Brasil! E o senhor Genésio, vai querer o quê?

– Pra mim aquelas batatas fritas com *bacon*.

– Com queijo derretido em cima?
– Sim, por favor.
– Pacoooo! *Unas* fritas com *bacon y queso*.
– Mas é puxa-saco esse seu Rabelo, hein, Genésio?
– Ele só é educado, como todos os uruguaios, e acha o senhor muito famoso porque às vezes aparece no jornal e na tevê.
– Está aqui, uma *faixa azul* trincando.
– Obrigado, seu Rabelo. E os gatos? Onde estão o Wolverine e a Magali?
– Estão bem, na cozinha com o Paco, *chuleando* que algo caia no chão. Por sinal, vou até lá porque o serviço está demorado.
– Delegado, se a vigilância sanitária bate aqui... imagina só, ter dois gatos no bar.
– Genésio, os gatos *são a própria vigilância sanitária*! Pensa neles como agentes de controle de pragas. Matam baratas, ratos, aranhas e escorpiões. Pode ter certeza que essa cozinha é a mais limpa de Porto Alegre, quiçá de toda a região metropolitana!
– Tá bom, espero que ninguém denuncie eles.
– E essa pandemia, Genésio, não vai acabar nunca?
– Acho que só quando sair a vacina. Mas, pelo menos tem um lado bom, a emissão de gases do efeito estufa diminuiu 50%. Assim, estancamos o aquecimento global.
– E tu acredita de verdade nessa baboseira? É uma tese criada pelos países desenvolvidos, que já usaram os recursos naturais que tinham e agora querem dar pitaco nos nossos. Eles querem preservar o que não é deles e barrar o nosso progresso.

— Delegado, tem muitos estudos, e tá comprovado que a média de temperatura sobe a cada ano. Tem cada vez mais incêndios na Sibéria.

— Isso é bom, lá faz muito frio mesmo.

— Os mares estão subindo, e isso pode provocar inundações e o desaparecimento de várias ilhas e países. Imagina só o Guaíba, que tem ligação com o mar pela Lagoa dos Patos.

— Fica tranquilo, Genésio, pra evitar isso temos o nosso *mui leal e valoroso* muro da Mauá.

— Doutor, a ONU calcula que cerca de um milhão de espécies, de um total de oito milhões que existem na Terra, estão em risco de extinção. Os ursos polares podem desaparecer até 2100.

— Genésio, tu viu ultimamente algum mamute andando por aí?

— Não, Delegado!

— E um *Tiranosaurus Rex* ou um *Pterodáctilo,* quem sabe?

— Também não.

— Então não enche, Genésio. Há séculos que as espécies vêm e vão, desaparecem e daí surgem outras. A temperatura também oscila, temos ciclos. Tu é mesmo muito ingênuo.

— Delegado, as geleiras e calotas polares estão derretendo.

— Genésio, tô mais preocupado se não vai faltar gelo pro meu uísque lá em casa.

— Tá bom, Delegado, vamos beber nossa cerveja.

XVIII
Tratamento Precoce

– *Oi amor, onde tu estás? Saiu agora que vai entrar a bandeira preta amanhã. Tudo fechado de novo. A situação está um caos, uma bagunça.*

– Estou no bar do seu Rabelo com o Superintendente, tomando um café e fazendo um tempo antes do último interrogatório da semana.

– *Ele está sentado longe de ti? Vocês estão de máscara?*

– Estamos tomando um café. Como poderíamos beber café de máscara? Só se estivéssemos usando um coador de café na cara. Que ideia... Fica tranquila. Calma.

– *Tá, então não toma mais café! Por favor.*

– Tá bem.

– *Estão todos de máscara aí no bar?*

— Lógico. Os que não tão bebendo, nem comendo, todo mundo de máscara. Até os dois gatos aqui do bar, o Wolverine e a Magali, estão mascarados.

— *Para com isso! As UTIs dos hospitais estão lotadas, tem muita gente morrendo. Essa cepa nova é muito mais forte e contagiosa. Se tu pegares, vais ficar no hospital sozinho. Toma cuidado aí, lava as mãos e passa álcool gel. Tchau, amor.*

— Tchau, amor. Não te preocupa. Vou passar na padaria, pegar pão e frios, e daqui a pouco tô em casa. Beijo...

— ...

— Desculpe, Superintendente, era minha mulher.

— Entendo, Jacinto, mas como eu ia dizendo... E o que foi agora nesse teu celular?

— Um *whatsapp* do Genésio. Aquele advogado meteu um atestado médico da testemunha que ia ser ouvida hoje. Desmarcada a última oitiva da semana. *Sextou!* Seu RABELOOO!

— *Si, doctores. Más un café? Recién hecho.*

— Que café que nada, estou proibido de tomar café. É muito perigoso. Tem cerveja em gel aí?

— *No, nunca he visto.*

— Então, me vê uma Brahma, de litro. Vamos começar o nosso tratamento precoce.

XIX
A mula

A presa ocupa a cela de dois metros de largura por três de comprimento. A cama é estreita e dura, e o mofo se espalha pelas paredes e teto. O vaso sanitário, uma pequena abertura no chão ladeada por ranhuras na cerâmica branca (feitas para evitar qualquer resvalada e possível queda), dá um tom humilhante ao local.

O ribombar de passos pesados, lentos, quebra o silêncio da carceragem. Uma figura imponente e desajeitada irrompe no corredor. Antes de se dirigir à presa, que dorme profundamente, ele a analisa sem qualquer pressa.

É uma mulher alta, de pele clara, cabelos negros e curtos estilo *Chanel*. Veste saia preta de couro e blusa de seda branca. Os sapatos, pretos e de salto alto grosso, estão no chão, esquecidos, um de cada lado no meio da sujeira. Com certeza já viram pisos melhores.

Confere a ficha de *Qualificação e vida pregressa* para saber outros dados. Idade: 29 anos. Cor dos olhos: azul-claros. Profissão: modelo. Vícios: só bebida e cigarro. Religião: ateísmo. Filhos: uma menina de 7 anos. Naturalidade: Jacarezinho, Paraná. Marcas, sinais, cicatrizes: tatuagem de escorpião nas costas (Obs: início no pescoço: cabeça do escorpião, torso e garras; e final entre as nádegas: rabo do escorpião).

A mulher acorda com um pulo após as batidas grosseiras da pistola nove milímetros nas grades da cela.

– Vamos lá, vamos acordar! A *miss* já descansou bastante com os calmantes que o Genésio comprou... Hora de ir lá pro Madre Peletier, conhecer as tuas novas amiguinhas.

– Como... Desculpa, quem é o senhor?

– Jacinto Silva, Delegado da Polícia Federal responsável por lavrar o flagrante. Apreensão de quatro quilos de cocaína pura, ontem à noite, no embarque do voo 1903, Porto Alegre-Lisboa.

– ...

– Me disseram que a senhorita era bonita. Bonito sou eu... a senhorita, me desculpe a sinceridade, é linda. Tenho certeza de que fará muito sucesso no Presídio Feminino.

– Doutor, eu não sabia... fui enganada.

– Ah, é? Não sabia da droga na mala?

– Não.

– *E* eu sou o *Bredi Pite*! Olha só, teu flagrante está quase finalizado, só falta o laudo preliminar da cocaína. O escrivão, o Genésio, aquele bom rapaz que te forneceu os remédios pra dormir, disse que tu não quis comunicar ninguém da família nem chamar um advogado, que são direitos teus. Mas chegou um *adeva* aqui, e ele parece ser daqueles bem *porta de cadeia*. Ou seja...

– Doutor, por favor, me escute. Sou separada. Minha mãe cuida da minha filha lá no Paraná. Se alguém descobre algo, se o meu ex-marido sonha que estou aqui em Porto Alegre, presa, vai tirar ela de mim pra sempre. E esse advogado... juro que não chamei ninguém.

– O advogado deve ser da *Organização*. E tu devia ter pensado na tua filha antes de te meter nessa roubada. Porque o tráfico mata muita gente.

– Delegado... Jacinto, eu imploro, faço qualquer coisa pra não ir presa, pra ver a minha filha de novo. O que o senhor me disser... Eu farei.

– Já tinha trabalhado de *mula* antes? Tem ideia de quanto vale quatro quilos de cocaína boliviana pura? Quanto tu ia ganhar?

– Era a terceira vez que eu fazia. Já tinha vindo lá da Espanha pra cá e já tinha ido pra Holanda outra vez, buscar *ecstasy*. Ganhava 3 mil euros por viagem. Meu namorado me botou nessa. Já fui modelo, mas a carreira acabou cedo. O senhor entende, tenho uma filha pra criar e o pai não ajuda.

– Tá, chega! Esse papinho de vida difícil eu dispenso, do contrário sessenta milhões de brasileiros seriam traficantes ou ladrões. Vou te dar a real porque tenho uma filha, gostei de ti e porque o *Colorado* ganhou um Grenal ontem.

– ...

– Com certeza esse teu namorado era maior que tu, uma simples *mula*, bem burra, apenas um lambari no meio desse rio que é o negócio. Então, não adianta nada agora tu fazer delação premiada e entregar alguém ou algum número de celular, um local... Isso aí é coisa que só dá certo na *Netflix* ou na Lava Jato. Daria muito trabalho, nós temos outros meios de investigar. E mais ainda, se alguém desconfiar que tu *caguetou*, os caras vão te buscar até na Cochinchina.

– Doutor...

– *Shhhh*... faz o seguinte: fica quietinha aqui no flagrante e diz que só vai falar em Juízo. Depois, no processo judicial, tu confessa que sabia da droga escondida na mala, que ia ganhar uma grana e que não sabe informar mais nada. Assume toda a culpa.

– E quantos anos vou pegar de prisão? Eu quero criar minha filha!

– Olha só, eu já vi aqui no flagrante que o Procurador da República do teu caso é uma *mãe brasileira*, daqueles bem *esquerdinha*, então, lá no interrogatório, na frente do Juiz, tu conta toda a estória triste da tua *vida sofrida*, diz estar totalmente arrependida e que foi a primeira vez que traficou. Conta da tua filha, mostra fotos dela, confidencia que o ex-marido era um monstro, que batia em vocês, e até chora um pouco, mas não muito.

– ...

– Tu vai virar uma vítima no final do processo. Pega a Defensoria Pública da União pra tua defesa, não aceita o advogado que vai aparecer, porque ele vai ser da quadrilha. Ah, e fala muitas vezes que Jesus tá te ajudando na cadeia, que *Ele* te mudou pra sempre e que tua vida será diferente daqui por diante, com a graça de Deus.

– Mas, por que isso?

– O Juiz titular do teu inquérito é ultrarreligioso. Tu vai pegar uns três anos, pena mínima, e em quatorze meses tá na rua. Tá bom assim?

– Deus te ouça, Doutor Jacinto. Muito obrigada, vou fazer tudo o que o senhor mandar de hoje em diante. Só pra saber, o senhor é casado?

– Não! Essa aliança de ouro que tu vê aqui no meu dedo da mão esquerda, com o nome Teresa gravado dentro, eu só uso por superstição. Boa tarde pra senhorita!

E Jacinto sai pensando: mas é uma *mula* mesmo essa moça, o que tem de bonita tem de burra.

XX
Materialidade

Com seus quase dois metros de altura, o escrivão Genésio entra atabalhoadamente no escritório do Delegado Jacinto.

– Doutor, estamos com um *problemão*.

– Deve ser mesmo, pra tu entrares aqui sem bater as *tuas três vezes convencionais*... O que foi agora, Genésio?

– Estava fechando um relatório e vi que perdemos a materialidade de um inquérito policial.

– O que desapareceu? Cocaína, arma?

– Não, doutor, moeda falsa. Cinco moedas de um real que deveriam estar num envelope. Como o inquérito vai chegar no Ministério Público sem a *materialidade*?

– Se é caso de arquivamento, talvez ninguém se dê conta.

– Mas, se verificarem na entrada, vão dizer que o erro foi aqui, comigo!

– Genésio, deixa eu contar uma história. Quando trabalhava no interior, uma vez sumiu uma nota falsa de cinquenta reais num inquérito. O pessoal não colocou o carimbo de *nota falsa* na cédula e algum malandro deve ter pego. Ou ela caiu, se perdeu, alguém achou e depois passou como verdadeira. Nunca descobrimos o que ocorreu. Bem, o Procurador deu pela falta da nota quando ia arquivar o negócio, era caso sem descoberta da autoria, mas, mesmo assim, determinou a instauração de inquérito.

– E daí, descobriram algo?

– Lógico que não, Genésio! Ouviram todas as pessoas com acesso ao inquérito: estagiários, servidores, motoristas, pessoal da Polícia, da Justiça Federal e do Ministério Público. Umas cinquenta. Olha quanto desperdício de tempo e dinheiro. Aí, no final, em vez de arquivar, o Procurador juntou declaração dele dizendo que não teve acesso ao inquérito, que nada sabia sobre o sumiço, e pediu que os delegados e juízes fizessem o mesmo... Mais seis meses.

– E agora, doutor, o que fazemos?

– Pega esses vinte reais, vai ali no Bar do seu Rabelo e me traz um *farroupilha* na chapa. No troco, tu pede cinco moedas de um real!

– E o que isso tem a ver com o inquérito?

– Genésio, o caso é de arquivamento, não é? Sem autoria. Coloca as moedas do troco no envelope e remete o inquérito, senão vão instaurar mais uma investigação pra gastar dinheiro público à toa. E não me enche mais o saco que hoje tem jogo do Colorado!

XXI
Mais Médicos

– Genésio, vê aí pra nós se já saíram os mandados de busca e apreensão e condução coercitiva pra oitiva daqueles médicos cubanos que estão no Hotel The Palace.

– É pra já, Doutor Jacinto.

O escrivão volta rapidamente.

– Doutor, uma má notícia. O Juiz indeferiu a expedição dos mandados.

– Como assim?!

– Ele fundamentou o indeferimento copiando todo o parecer contrário do Procurador, que disse que o seu pedido era baseado apenas em denúncia anônima e meras suposições.

– Filho da puta...

– Disse que a contratação dos médicos cubanos e de outras nacionalidades do Programa Mais Médicos passava pelo exame de três Ministérios: da Saúde, da Educação e das Relações Exteriores, *fato que conferia credibilidade, confiabilidade e legalidade às contratações.* Falou que diversas matérias de jornais e revistas mostravam o Mais Médicos com mais de 90% de aprovação e que, em algumas regiões, contava até com 100% de aprovação. No final, disse que o Programa levava médicos aos grotões mais distantes do país e que algumas pessoas nunca tinham consultado com um médico antes que ele começasse.

– Quem foi o Procurador que disse este monte de besteira junto?

– Aquele Doutor da esquerda...

– Comunista! E também tá cheio de Juiz comunista nessa Justiça Federal.

– Mas pelo menos o Juiz deixou em aberto, dizendo que, se surgirem novos elementos de convicção, poderá rever a decisão.

– Genésio, me chama a agente Miriam e diz pra ir agora lá no The Palace *furungar*. Pede pra ela ouvir informalmente o gerente e empregados do hotel pra ver se notaram alguma coisa suspeita. Vamos pegar esses médicos cubanos.

Mais tarde, ao chegar em casa, Jacinto é recebido por Teresa.

– E aí, amorzão, como foi o teu dia na delegacia? Prendeu muita gente?

– Teresa, estou *puto*. Hoje o pedido que fiz pra conduzir e ouvir os supostos médicos cubanos que vão trabalhar aqui no Estado foi indeferido pelo Juiz. Eu tinha tudo acertado com o médico perito nosso pra auxiliar nas oitivas, ver se os falcatruas são formados mesmo. Agora, todo o trabalho foi perdido.

– Ainda bem.

– Tá querendo me irritar? Tu tá do lado deles?

– Deles quem, Jacinto?

– Desses esquerdistas safados, que recebem técnicos e auxiliares de enfermagem, enfermeiros e até farmacêuticos como médicos só pra mandar dinheiro pra Cuba.

– Para com isso, Jacinto. O Programa é um sucesso. Colocou médicos onde nunca teve. Deu assistência para quem mais precisa.

– Já sei, já sei, *nos grotões desse país*, né?

– Não sei porque tu tem tanta implicância com esses médicos e com Cuba.

– Ora, porque são uma ditadura comunista! Lá as pessoas passam necessidades, não têm liberdade e todos querem ir morar em Miami.

– Como tu sabe disso? Já foste lá? Não. Já estudaste a história deles? Não. Então, fica quieto! Tu sabes que boa parte das dificuldades são causadas pelo bloqueio econômico imposto há anos pelos americanos? Apesar disso, os níveis de educação e saúde dos cubanos são altíssimos e todos têm um pouco, um mínimo para sobreviver.

– Tá bom, Teresa, entendi. Agora já sei qual é a diferença daqui pra Cuba.

– Qual, amor?

– Lá as prostitutas têm faculdade e os médicos não têm.

– Te larguei, Jacinto. Vou tomar um banho.

XXII
O agente

– Doutor Joel, me diga aí: o que eu preciso fazer pra ser julgado pela Justiça Federal?

– Tu tá louco? É melhor que o teu caso vá para a Justiça Estadual, a pena será muito menor porque lá eles lidam diariamente com crimes mais graves, tipo homicídios, latrocínios, roubos, chacinas... Neste cenário, um estelionato é trigo miúdo.

– Mas, doutor, se eu for julgado pela Estadual, as minhas amantes vão achar que sou mentiroso, que me passava por agente da Polícia Federal só pra poder enganar elas.

– Mas não é o que tu fazia?

– Sim. Então vou confessar pro Delegado e pedir pra ele dar um jeito do meu caso ficar aqui na Federal...

Naquela mesma tarde, na Polícia Federal.

O agente

– Boa tarde. O senhor é o seu Ricardo Antunes, vulgo *Agente*? Estão lhe tratando bem aqui na carceragem?
– Sim, Doutor Delegado. O senhor poderia me ajudar?
– Quem faz as perguntas aqui sou eu! Sou o Delegado da Polícia Federal Jacinto Silva, responsável pela tua prisão. O senhor já falou com seu advogado, mas não quis contatar nenhum familiar, confere?
– Não tenho família, Doutor.
– Tinha apenas famílias, né... O senhor vai ser enquadrado em estelionato por ter se passado por servidor público federal, enganando e roubando mais de vinte mulheres que contataram a delegacia, pelo menos até agora. Muitas ligaram e reconheceram o senhor como sendo um *Agente de Polícia Federal da Lava Jato*, só os teus nomes é que mudavam.
– Eu trocava de nome a cada vez. Mas, Doutor, por amor de Deus, o meu caso vai ficar aqui?
– Aqui aonde?
– Na Federal.
– Por que essa preocupação, hein? O Procurador da República e o Juiz Federal é que vão decidir. Vou te enquadrar ainda na Lei das Contravenções Penais, nos artigos 45 e 46, por se passar por funcionário público e usar distintivo da Polícia Federal, além de estelionato praticado contra várias incautas que caíram na tua conversinha, se apaixonaram e ainda te *emprestaram* bastante dinheiro. E a tua pistola vai dar o crime de posse ilegal de arma. Sorte sua. Antes, neste tipo de crime, pistola era arma de uso proibido, com pena maior, mas o nosso *Mito* agora liberou geral as armas.

– Delegado Jacinto, pode até colocar mais crimes aí, não me importo... Só imploro que me deixe preso aqui na Polícia Federal, por favor. Olhe só, eu enganei mais de oitenta mulheres desde 2014, quando estourou a Lava Jato.

– Já te disse: não sou eu quem decide. Do lado de lá, do Ministério Público, pode vir qualquer coisa, qualquer enquadramento dos fatos. Pedi a tua preventiva porque, com a repercussão do caso na imprensa, acho que aparecerão mais mulheres ainda. O senhor não tem medo de pegar uma pena maior?

– Se eu me passava por um Agente da Polícia Federal da Lava Jato, não posso ser julgado na Justiça Estadual. Me tirariam pra mentiroso... Passaria vergonha. Tenho um nome a zelar!

– Então confessa tudinho e em detalhes. Vou ligar e ver o que posso fazer.

XXIII
O cachorro

— Genésio, por que em vez de ficar me incomodando com o Inter, que tem sido roubado sempre, toda rodada é um escândalo, tu não arranja uma namorada, e depois uns dois ou três filhos, quem sabe?

— Estou bem assim, Doutor.

— Quantos anos tu tem? Quarenta? Olha, daqui a pouco tu já tem de começar a tomar Viagra, hein.

— Minha saúde é muito boa, Doutor.

— E aquela namorada tua? Era Carol, né? Foram noivos. Há quanto tempo vocês terminaram?

— Três anos. Mas não se preocupe, Delegado, estou tranquilo. Tenho minha rotina, e adoro trabalhar aqui na Polícia com o senhor. Leio meus livros, vou no cinema e, agora, vou acompanhar o Grêmio em mais uma final.

– ...

– E família dá um trabalho... vejo pelo senhor com o Jacintinho e a Luísa. E com os cachorros, como é o nome deles mesmo?

– O Golbery é meu, o Che é da Teresa.

– ...

– *Eureka*, Genésio! Tive uma ideia pra tu desencalhar de vez. Tu vai num desses canis da Prefeitura e adota um guaipeca bem estropiado.

– Pra quê, Doutor?

– Pra te fazer companhia. Mas, mais do que isso, tu vai levar ele pra passear nos *cachorródromos* do Parcão ou da Encol, todos os dias de manhã cedo, antes de vir pra cá, e à tardinha. Lá sempre tem muita mulher solitária, encalhada que nem tu, com seus bichinhos.

– Acho que não estou interessado, Doutor.

– Isso é uma ordem, Genésio. Vai melhorar o clima aqui no trabalho. E vê se me arruma um cusco daqueles bem detonados. De preferência um aleijão, sem uma pata ou cego. Isso vai facilitar ainda mais as coisas pro teu lado.

– ...

– Vai por mim. Tenho experiência nisso.

XXIV
O visto

– Teresa, agendei para o dia 20 de setembro, que não é feriado em São Paulo, pra eu, tu e as crianças irmos lá fazer *o visto*.

– *O visto*? Que visto, Jacinto? Visto para onde? Não sabia que iríamos viajar.

– Ora, vamos fazer *o visto*. Pra entrar na terra da liberdade econômica, o país das oportunidades, a nação mais desenvolvida do planeta: U-S-A.

– Que engraçado, não lembro de ter sido convidada para viajar. Prefiro ir pra Europa, pra Paris, Londres, Atenas... Além disso, nem gosto dos norte-americanos.

– Por quê?

– São imperialistas, conservadores e exploradores. Já invadiram o México, Haiti, Honduras, Guatemala, Nicarágua, Panamá, Cuba, El Salvador, Vietnã, Afeganistão,

Iraque... E não duvido que, mais dia menos dia, vão invadir o Irã.

— Sou casado contigo há bastante tempo, então sei que tu é professora de História, não precisa dar aula. Daí que... bom, tu também sabe que os americanos livraram o mundo do nazismo.

— Foram aliados muito importantes, mas só entraram após *Pearl Harbor*. A grande resistência britânica e russa é que foi decisiva para a derrota do Eixo na Segunda Guerra. Mas, concordo, os americanos são ecléticos, eles também prestaram auxílio financeiro no golpe de 1964 e para instaurar outras ditaduras militares aqui na América Latina.

— Ajudaram na Re-vo-lu-ção. E foi pra combater comunistas, assim como fizeram em alguns países, onde eles precisaram entrar pra assegurar a lei e a ordem.

— Na média, são conservadores, quadrados, só pensam no próprio umbigo e se acham os donos do mundo.

— Mas eles são...

— Amigas minhas passaram por situações horríveis na imigração: foram revistadas, mandaram elas tirarem a roupa e os sapatos, e aquelas que estavam indo sozinhas ainda tiveram que responder perguntas constrangedoras...

— Olha, se são as mesmas amigas que lembrei aqui, eu também investigaria a fundo...

— Machista! E agora, pra cúmulo da humilhação, *eles* não precisam mais nem de visto pra entrar aqui no Brasil. Já nós, brasileiros...

— Esquece essas bobagens... Prometo que te levo pra Europa ano que vem. Nós temos de ir pra Orlando, o *Jacintinho* quer muito ir, andar nas montanhas-russas, ele já atingiu a altura pra quase todas. E a Luísa, ela vai ver as princesas... vou comprar o *café da manhã com as princesas*, tu vai vê só que maravilha! Meus amigos que levaram...

— Jacinto, já ouviste falar em *desaprincesamento*? Tu deves ter notado que não criei, e nem estou criando, a Luísa como uma princesa de contos de fadas, uma nefelibata fútil e *do lar*, que vai passar a vida se embonecando e esperando pelo príncipe encantado.

— Olha só, não notei isto, não.

— Ela será uma guerreira, livre e independente. Tu te lembras de algum aniversário com a Luísa vestida de princesa?

— Mas ela só tem dez anos, Teresa.

— Não interessa, tu já viste as coleguinhas dela... Meu Deus, parece que estamos no meio daquele filme *Pequena Miss Sunshine*. É um horror a futilidade das mães, e das filhas também.

— Tá bom, essas coisas de menina é contigo. Não vamos brigar. Só me promete uma coisa. Uma coisa só!

— O quê, Jacinto?

— Ensina ela a se depilar, a se perfumar e a se arrumar direitinho, tá?

— Te larguei de mão. Vou dormir. Boa noite.

XXV
Reconhecimento facial

– Olha esta notícia, Jacinto: o metrô de São Paulo instalou câmeras com reconhecimento facial e isso foi alvo de ação das Defensorias Públicas do Estado e da União. Entenderam que era uma violação à privacidade.

– Bando de defensores de bandidos... Que bobagem, as pessoas querem segurança, mas não abrem mão de nada. Em Porto Alegre, esse sistema de câmeras será instalado nos locais de maior movimento e, daqui a alguns anos, a nossa cidade inteira terá tipo um *cercamento eletrônico*. Será muito mais segura.

– Li que um aplicativo do *Google* teria reconhecido facialmente um casal de negros, relacionando eles a um casal de gorilas.

– Ué, qual o problema? Tu não acredita na teoria evolucionista de Darwin? Nós não descendemos dos macacos?

— Jacinto, tu sabes que eu sou católica e criacionista. Comparar pessoas negras a gorilas é racismo.

— Tá bom, Teresa. No Brasil, já estamos começando a colher o DNA de todos os condenados em definitivo. Assim, se o cara cometeu algum crime, fica *geneticamente* fichado. Vai ser contra isso?

— Será que essa coleta também será aplicada nos criminosos de colarinho branco? O DNA daqueles grandes sonegadores ou desviadores de recursos públicos vai ser *fichado*?

— Acho que esse cadastramento genético será feito só nos crimes cometidos com violência ou grave ameaça, tipo homicídio, roubo, estupros.

— Então sou contra. Não quero um *Admirável Mundo Novo*, do Huxley, ou um *1984*, do Orwell, aqui no Brasil.

— Tu é muito do contra mesmo, Teresa.

— Já que tu és tão a favor da segurança pública e do combate à criminalidade, Jacinto, pensa naqueles teus amigos que vão a *casas de tolerância* ou motéis com suas amantes, sendo reconhecidos facialmente pelas tais câmeras. Olha só que invasão de privacidade, ser monitorado em qualquer lugar.

— Isso é crime impossível, meus amigos não fazem essas coisas, Teresa.

— Sei.

— E, mesmo que fizessem, eu não te contaria.

— Isso eu sei... mesmo.

— Então, vamos mudar de assunto, tu é muito retrógrada.

XXVI
Lava Jato

— Vem cá um pouco, Teresa, deixa eu te contar uma. Ontem meus colegas deflagraram a ducentésima fase da operação Lava Jato.

— Duzentas fases já? Não vai acabar nunca?

— Como é que vai acabar? Quer dizer que a corrupção acabou no Brasil?

— Lógico que não, Jacinto. Nunca acabará. A corrupção é inerente ao ser humano, existirá sempre.

— Mas nossos políticos são mais corruptos.

— Essa é uma narrativa criada, Jacinto. Todos somos corruptos. O político é corrupto, o empresário sonegador é corrupto, nós temos até padres corruptos. O que varia é a gradação, o nível de corrupção, em maior ou menor grau. Tu nunca mentiste, Jacinto?

— Pra ti, não, amor.

— Ah, tá!
— A Lava Jato é a maior operação anticorrupção já ocorrida no mundo. São centenas de condenações e prisões, sem contar os bilhões de reais devolvidos aos cofres públicos.
— Ainda tens a esperança de trabalhar na Lava Jato, amor?
— Claro, seria uma honra. Além do mais, agora temos Lava Jato no Rio de Janeiro e São Paulo, além de Curitiba.
— Mas tu nunca trabalhaste muito com crime financeiro, de colarinho branco, não é?
— Tá me chamando de ultrapassado agora?
— Não, é que...
— Nessas operações, temos uma estrutura com técnicos em informática, contadores, gente do Banco Central, peritos de várias áreas... eu não preciso saber a fundo sobre crime financeiro.
— O que tu queres, então, é aparecer naquelas entrevistas com *powerpoints* cheios de erros de português?
— Engraçadinha... A investigação é muito bem-feita, uma barbada. É só prender um diretor de empresa ou o operador financeiro do esquema, um doleiro, por exemplo, e deixar eles presos durante uns dias ou semanas. Logo logo, eles entregam tudo: essa gente tá acostumada só com a parte boa da vida, gostam de vinhos caros, mulheres, carros, viagens. Daí, esses *peixes* menores acabam falando e entregando os maiores: grandes empresários, políticos, senadores, deputados, desembargadores...
— Usam a cadeia para obrigar o preso a falar, a fazer delação premiada?
— Não, eles ficam presos pra não delinquir mais, pra não destruir provas, pra não atrapalhar a investigação.

– Sei.

– Daí, nas buscas e apreensões, nós recolhemos celulares, computadores e muitos documentos dos *alvos*. Antes isso tudo tinha de ser *linkado ou* desvendado meio que na sorte, mas hoje, graças às delações, pilhas e pilhas de documentos, contas no exterior e arquivos de mídia apreendidos são explicados pelos próprios investigados em troca da redução de pena. Assim fica muito fácil processar os envolvidos. É um *modus operandi* que não tem erro, funciona mesmo, daí o sucesso da operação, que tem sido replicado em outros locais.

– Para mim, essa operação só serviu para derrubar uma Presidenta legitimamente eleita.

– Lá vem o papo de comunista...

– É verdade. Divulgaram aquelas falas da Dilma com o Lula, que não tinham nada a ver com a investigação, e que, além disso, eram conversas gravadas já fora do prazo da interceptação telefônica, ou seja, não podiam ser reveladas. Mas passaram tudo para a Globo, e este foi o estopim do *impeachment*. A mídia, o Congresso Nacional e alguns grandes empresários ainda inventaram umas *pedaladas fiscais* para justificar o golpe.

– Golpe na tua opinião, Teresa, essa gente que tu gosta são tudo ladrões.

– Bom, amor, não vamos brigar... Mas prefiro que tu não vás trabalhar na Lava Jato.

– Ué, por quê?

– Porque eu te amo, não ia querer ficar longe de ti durante a semana. Vê se inventam uma operação Lava Jato Porto Alegre.

XXVII
Bodas de Porcelana

Toca a campainha dos Sanchotene Silva. Teresa corre para abrir a porta e vê um entregador com um pacote grande e quadrado nas mãos.

– A senhora é Teresa Sanchotene?
– Sou eu, mas não encomendei nada.
– Aqui diz que o comprador é Jacinto Silva. Está anotado: *Entregar para Teresa*.
– Ah, é o meu marido. Deve ser um presente. Hoje fazemos vinte anos de casados.
– Parabéns!
– Deixa eu abrir o portão para o senhor.
– Obrigado.
– Caixa pesada, hein. Obrigada, boa tarde.

Aquilo é incomum, mas criativo, achava que Jacinto não era mais capaz de surpreendê-la. Pega uma tesoura e, com paciência, corta o emaranhado de adesivos plásticos para abrir a caixa de papelão.

Quando termina, não acha nenhum cartão, apenas um objeto volumoso e pesado. Retira o plástico bolha que o envolve. É uma panela... Filho da puta! Vinte anos de casamento e o maldito me dá uma imensa panela laranja da *Le Creuset*. Claro que a marca é boa, mas me dar uma panela... Vai ver que é porque são bodas de porcelana, engraçadinho. Pois ele que vá tirando o cavalinho da chuva se pensa que hoje iremos naquela suíte de motel que pediu para eu reservar. E não vai ter nada de corpete e bota de salto alto. Vamos jantar e, depois, voltar direto para casa e assistir *Netflix*. Não acredito, filho da puta, machista!

No final da tarde do mesmo dia.

– Oi amor, o que houve? Andou chorando? Dor de cabeça? Vou pro banho. Fiz reserva no *Koh Pee Pee* pras oito horas. Vamos tomar um champanhe bom hoje. Aliás, dois. Um para comemorar nosso aniversário de casamento e outro pelo meu aniversário de cinquenta e sete anos. Estou velho, hein? Recebeste os nossos presentes?

– Presentes?

– Um é pra mim, resolvi abrir a mão porque tu sabe que eu gosto de cozinhar pros nossos amigos, e o outro é pra você, pelos nossos sensacionais vinte anos juntos... Aproveitei a entrega grátis da *Amazon*.

– O quê? Tem outro presente junto?

– Deveria ter.

Ela sai correndo até a panela, levanta a tampa e encontra um cartão:

Porto Alegre, 31 de março de 2021.

Teresa, meu amor,
Tu é linda, querida, carinhosa, ótima profissional e uma mãe sem igual. Tenho orgulho de ti. Sou muito feliz contigo nesses vinte anos. A cada dia que passa estou mais apaixonado por ti. Tu é minha cúmplice, meu aconchego e o meu chão. Te amo! O presente é um símbolo para tentarmos chegar nas bodas do anel...
Com amor do teu, sempre,
Jacinto

Depois de ler, percebe uma pequena caixa quadrada no fundo da panela. É um anel de brilhante. Teresa quase desmaia, sentindo um calorão subir pelo corpo. Sua face fica laranja, vermelha, quase escarlate. Mas ela respira fundo, mantém a calma e recobra a razão. Coloca o anel no dedo, abraça forte o marido e lhe dá um beijo quente e lascivo.

– Meu amor, não precisava... Ficou lindo, adorei! Vou tomar um remédio para dor de cabeça, um banho rápido e saímos para não perder a reserva. E depois vamos naquela suíte que tu querias tanto conhecer. Hoje tu vais ver o que é bom... Te amo!

XXVIII
Vício profissional

– Alô, Jacinto. Nem te conto, morreu o marido da tia Zilá.

– E daí?

– Daí que o enterro é às cinco da tarde e tu vais comigo! Vou passar aí para te buscar.

– Mas, Teresa, tu não vê essa tia há quanto tempo? E não é essa que já tava no sexto ou sétimo marido?

– Não interessa, gosto muito dela. É minha última tia-avó viva. E esse era o quarto companheiro dela, o terceiro depois do meu tio, que é o pai dos meus dois primos, a Lisiane e o Eduardo.

– Não lembro quem são, e tu sabe que odeio enterros. Mas, tá bom, passa aqui na frente da Polícia às quatro e meia.

— Obrigado, amor. Beijo.

Mais tarde, no cemitério.

— Boa tarde, a senhora sabe me dizer onde está a viúva, a dona Zilá? Ou os filhos dela?

— Parece que a Zilá passou mal e os filhos levaram ela num posto de saúde aqui do lado, mas não foi nada grave. Devem voltar logo.

— Obrigado.

— Teresa, vamos ali dar uma olhada no falecido. Ele parece bem, né?

— Como bem, Jacinto? Ele está morto.

— Mas parece tranquilo. Quantos anos será que tinha? Uns noventa?

— Oitenta e sete. Morreu do coração.

— Do coração? Humm... Teresa, olha só esse terno que ele tá usando, é italiano. Não é pouca coisa, não. E o sapato, italiano também. A gravata dele *não fala português*. E o anelão de rubi, hein? Típico de advogados.

— Acho o *ó do borogodó* esses anéis, muito bagaceiros.

— Sabe, sempre fico pensando, os caras vão cremar o sujeito assim? Com esse baita terno que eu nunca vou ter? Com esses sapatos, gravata e anel? *No lo creo*. O que fazia o marido da tua tia?

— Era Procurador do Trabalho.

— Desempregado?

— Para, Jacinto! Era do Ministério Público do Trabalho.

— Muito interessante...

— Interessante por quê, Jacinto?

— Teresa, tu sabe que, quando não conheço o morto, sempre dou uma pesquisada no *Google* e nas redes sociais pra ver o que fazia o sujeito, como ele era, *etecétera* e tal. Procuro se tinha antecedentes criminais, se batia na mulher... esse tipo de coisa. Tudo pra ver se rola alguma empatia, já que terei de ir no enterro dele e ele não vai no meu, né?

— E daí?

— Nada. Nenhuma empatia. O falecido era gremista fanático e um cara bem de esquerda, vi pelos *posts* e comentários. Não tinha filhos. Era solteiro, antes de se juntar com a tua tia.

— ...

— Achei curioso, porque lembrava bem do teu tio e, depois da morte dele, há uns vinte anos, não conhecemos mais nenhum dos novos companheiros da Tia Zilá. Fui no *Feici* e no *Instagram* da tua tia e pasmem, descobri que todos os três eram viúvos ou solteiros e não tinham filhos. O teu tio era Procurador do Município de Porto Alegre, o segundo era Procurador do Estado do Rio Grande do Sul, o terceiro era Procurador Federal, e esse que tá aí era Procurador do Trabalho.

— E daí, Jacinto? Não estou entendendo aonde você quer chegar.

— Entrei na consulta de certidão de óbitos e notei que os quatro eram mais velhos que a tua tia e todos morreram do coração após um convívio de exatos cinco anos com ela.

— Gente velha morre do coração.

— É. E cinco anos são um ótimo tempo para o reconhecimento de uma união estável. Entrei nos nossos sistemas de pesquisas, Registro de Imóveis e outros, e descobri que a tua tia já tem cerca de dezessete imóveis no nome dela, herdados dos falecidos, além de receber as quatro pensões.

– Achei que não podia acumular pensão. Isso é imoral.

– É imoral, mas não é ilegal. As pensões são de quatro esferas diferentes, executivos municipal, estadual, federal e Ministério Público.

– O que tu estás insinuando, Jacinto?

– Por enquanto nada, Teresa. Só sei que não existem coincidências assim na vida.

– Tu fizeste essas *pesquisas* todas sem ordem judicial? Assim, enquanto esperavas pela minha carona?

– Que ordem judicial, Teresa? Não fala bobagem.

– Como tu é desconfiado.

– Sou Delegado, sou pago pra desconfiar das pessoas. Olha lá, deve ser ela entrando com os teus primos...

– Tia Zilá? Sou o Jacinto, marido da Teresa, lembra? A Teresa fala muito da senhora. Meus sinceros sentimentos.

XXIX
Herói e ladrão?

– Jacinto, amanhã vou encontrar umas amigas no Brique da Redenção, tem uma passeata contra a violência doméstica, que aumentou muito durante a pandemia. Vai comigo? Só dessa vez!

– Tá louca, Teresa? Bebeu? Tu sabe que nunca fui no Brique, e nem pretendo ir.

– Ah, amor, depois a gente toma uma cerveja bem gelada e come alguma coisa na Lancheria do Parque. Seja meu parceiro.

– Teresa, eu já disse pra todo mundo que conheço que nunca coloquei, e não colocarei, os meus pés no Brique, que é lugar de comunista e viado. Imagina se alguém me vê lá.

– Deixa de ser preconceituoso, Jacinto.

— Tá, até vou contigo, mas de máscara, óculos escuros e chapéu, aí não tem risco de alguém me reconhecer. Só que daí, de noite, tu vai comigo no piquete da Polícia Federal, no churrasco do 23 de setembro, aniversário do maior símbolo e herói do nosso estado, o General Bento Gonçalves.

— Ah, não, prefiro então que tu não vá! Tu sabia que a Revolução Farroupilha foi um movimento da elite, dos estancieiros, da oligarquia? Os historiadores estimam que nem dez por cento da população apoiou este movimento.

— Deixa desse papo de comuna, Teresa. Quer implicar comigo? Tu sabe muito bem que sou um Silva especial, descendente direto do grande general, do maior ícone gaúcho, Bento Gonçalves da Silva.

— E tu também sabe que eu sou descendente do Moringue, Francisco Pedro de Abreu, um astuto combatente guerrilheiro. Defendeu a Leal e Valorosa Porto Alegre, que ficou sitiada por quatro anos, e resistiu bravamente ao cerco dos rebeldes farroupilhas. Foi o maior comandante dos legalistas e ainda liderou a estrondosa derrota de David Canabarro em Porongos.

— Se era guerrilheiro, pode apostar que era comunista.

— Gênio, o comunismo só apareceu no século seguinte. Já o teu parente distante, Bento Gonçalves, era um rico estancieiro aqui e no Uruguai. Integrante da nobreza rural. Defendeu os interesses da turma dele, os latifundiários e grandes comerciantes, sempre indo contra as ideias revolucionárias do General uruguaio Artigas, esse sim, um homem de valor. Queria implantar no país vizinho a primeira reforma agrária da América Latina, dando terras pros índios e pobres morarem e produzirem. Foi daí que Portugal se uniu à oligarquia gaúcha pra combater o caudilho uruguaio.

– Lá vem tuas aulas... não sou teu aluno, já te disse várias vezes... sou só teu marido.

– Pois tu devia ler o livro Porto Alegre Sitiada, do Sérgio da Costa Franco, e as obras do Tau Golin e da Sandra Pesavento. Aí tu veria que o tradicionalismo e essa exaltação dos guerreiros farrapos, dos centauros dos pampas e do Bento Gonçalves como um mito, não passam de uma criação de intelectuais a serviço da elite dominante, que contou a história do jeito que bem queria. O negócio não foi assim, os farrapos não lutavam somente por Fraternidade, Igualdade e Humanidade. O voto era censitário. A maioria possuía escravos. Defendiam seus interesses nas terras, no gado, e brigavam pela não taxação do charque. Para alguns historiadores, o teu ascendente não era herói, mas um senhor de escravos, espião, contrabandista e ladrão de gado. Sem contar que, na guerra, foi um desastre, perdeu diversas batalhas: em Porto Alegre, Taquari, São José do Norte e na Ilha do Fanfa, em Triunfo, quando foi preso.

– Tá, me convenceu. Mudei de ideia, melhor tu não ir amanhã no Piquete comigo. Vou sozinho, depois tu começa com esse teu discurso de comunistinha revoltada lá e ainda vai me arranjar confusão, logo eu, descendente do general Bento. Vai pro teu brique sozinha!

XXX
Tuim

Com exceção dos finais de semana e feriados, todos os dias Agamenon fazia o mesmo trajeto. Após registrar a impressão do polegar no ponto digital, saía da agência matriz do Banrisul, dobrava à direita em direção ao Largo dos Medeiros, atravessava quase em diagonal a Praça da Alfândega, tomava a Rua dos Andradas, passava pelo centenário Clube do Comércio e então subia a *Rua da Ladeira*.

Dali da esquina, bastava caminhar apenas cinquenta metros para chegar ao seu inexorável destino: *Bar Chopp Tuim, desde 1941*. Todo esse trajeto, duzentos e noventa metros, geralmente realizado em quatrocentos e quatorze passos, levava apenas quatro minutos. Sim, na maioria dos dias contava os passos do trabalho até o Tuim. Agamenon era metódico e regular. Somente não fazia esta contagem quando encontrava algum amigo no caminho ou era distraído pelo cruzar de alguma beldade na *Rua da Praia,* dois incidentes que incomodavam a sua precisão.

Lá chegando, o garçom mais longevo do boteco, o *Baixinho,* lançava um olhar para o termômetro afixado na parede e já sabia: com temperatura abaixo de vinte graus, levava um conhaque *Domecq* duplo e um chope escuro para o bancário; se estava quente, servia uma caipirinha *seca* (limão, gelo e cachaça, sem açúcar) e um chope claro. Agamenon dizia para o garçom que o conhaque ou a caipira era *pra tontear as lombrigas,* para depois começar a beber o que realmente lhe interessava: o chope gelado.

Depois do quarto chope, o garçom trazia dois bolinhos de bacalhau. Então, se seguiam sete chopes e o último era acompanhado da *janta*: uma almôndega acebolada, sem pão. Agamenon dizia que o pão equivalia às calorias de um chope e, neste caso, preferia a saideira em *pão líquido.* A *dolorosa* era sempre a mesma: doze chopes a oito reais; uma porção de bolinho de bacalhau (duas unidades pequenas), oito reais; almôndega, onze reais; e uma caipira ou conhaque duplo, a quinze reais; total de cento e trinta reais. Tinha conta no bar, e pagava mensalmente em dinheiro ou cheque. Não usava cartão. Nunca lhe cobravam os dez por cento, mas ele repassava a tradicional taxa diretamente para o *Baixinho*.

O bar, dos mais antigos da cidade, era conhecido pelo seu chope *Bolacha de Ouro* da Brahma e pelos bolinhos de bacalhau e almôndegas, além de ser reduto de algumas veteranas dentre as trabalhadoras do centro. Nosso bancário não era dos mais apresentáveis, mas não ia ali para *caçar,* queria ver pessoas diferentes, falar com o dono e com os garçons. Era de poucos amigos. Não tinha irmãos, e os pais eram falecidos.

Em um dia de inverno, entra no bar uma morena estilo *mignon*, mas muito feia de cara. Ela não lhe chamaria a atenção não fosse o pedido em voz alta para o *Baixinho*:

– Um *Underberg*, por favor, e me traz *aquele* chope também. Junto!

O pedido chega, e ela bebe o *Underberg* em um talagaço. Em seguida, dá um belo gole no chope e fica com um pouco de espuma nos lábios.

Mulher de personalidade, pena que é tão feia, pensa Agamenon.

A partir daquele dia, a cena se repete com poucas variações. Ela chega no Tuim às cinco horas da tarde, um pouco depois do barnabé (nosso herói). De terças às sextas-feiras, pega uma mesa ou fica em pé apoiada no balcão externo. Pede, come e bebe o de sempre: um *Underberg* e mais seis chopes, acompanhados de salsicha *Bock* com queijo, pastéis de Gramado ou um bauru de contra-filé. Agamenon contou os chopes, e o *Baixinho* confirmou o número. Também é regular e metódica. Não fuma, o que é bom, e não parece ser viciada.

O *Baixinho* descobre, a pedido de Agamenon, que ela se chama Clitemnestra, é enfermeira na Santa Casa e não trabalha nas segundas-feiras.

Após seis meses de convívio no bar, com poucos olhares e nenhum contato, no final de mais uma noite etílica, Agamenon vence a timidez e puxa um *papo aranha* qualquer com Clitemnestra. Já de início, pensa: puta que me pariu, um *jaburu* desses não podia ter pelo menos um nome bonito?

A conversa flui, o chope também. Ambos dobram o consumo líquido naquela noitada e acabam na cama, no apartamento de um quarto de Agamenon, na Cidade Baixa. O sexo é o melhor em toda a vida do bancário. Antes ele terminava as noites em *sites* de pornografia e, algumas vezes, com desconhecidas *garimpadas no Tinder*. Pela sua timidez, falta de confiança e um certo complexo de vira-lata, costumava procurar mulheres com empregos piores que o dele. Assim, podia encher o peito e dizer que trabalhava no Banrisul, *o banco dos gaúchos*, mesmo não sabendo quantos anos ainda iria durar a instituição pública ou se não seria *convencido* a entrar em um *PDV*.

Com Clitemnestra se achou. Como a verdadeira mulher do Agamenon da mitologia grega, ela dominava a teoria e a prática na alcova.

Bingo. Estava apaixonado. Em algumas semanas juntaram os trapos. Após três anos, decidiram ter um filho, o único número que poderiam sustentar. No entanto, não conseguiram. Tentaram engravidar por seis meses sem sucesso, até que procuraram um médico e descobriram que ambos eram inférteis. Seria impossível gerar um bebê com o DNA deles.

Nos dois anos seguintes, dedicaram-se apenas ao álcool e ao sexo. Pela sua voracidade e desejo constante, ela podia ser classificada como ninfomaníaca; ele, com satiríase. Experimentaram de tudo um pouco.

Era 31 de dezembro, dia do fechamento anual no banco. Clitemnestra chegou no Tuim e começou a beber enquanto esperava Agamenon, que se atrasou mais de uma hora. Após o quarto chope, ela começou a flertar com o garçom novinho, recém-contratado no bar. A cada pedido, perguntava algo ao rapaz: quantos anos tu tem? Tá gostando de trabalhar aqui? Tu estuda? As gorjetas são boas?

No sexto chope, disse: Obrigada. Agora eu vou lá no banheiro. A hora que o Baixinho for atender lá fora com a bandeja cheia de chope, tu entra que vou te mostrar uma coisa...

Agamenon saiu do Banrisul correndo e chegou no Tuim em dois minutos. Não contava mais os passos. Após entrar no bar, ainda ofegante por conta da subida da *Ladeira*, e pedir um chope no balcão, viu Clitemnestra sair do banheiro minúsculo e sorriu feliz para ela... só não esperava que, logo atrás, viesse um bonito *rapazote* trajado de garçom.

Tomou o chope de um gole e seguiu para casa. Clitemnestra corria atrás dele chorando, pedindo desculpas, implorando perdão. Agamenon foi inflexível: nós vamos chegar em casa e eu não quero ouvir uma palavra de ti. Arruma tuas roupas e vai embora. No sábado, passa aqui pra levar o resto das tuas tralhas. Nunca mais fale comigo ou me procure. E tem mais uma última coisa:

– Nunca mais ponha os pés no Tuim! Aquele bar é meu.

Capa e projeto gráfico: Marco Cena
Produção editorial: Bruna Dali e Maitê Cena
Revisão: Gustavo Czekster
Produção gráfica: André Luis Alt
Foto do autor: Márcio Pimenta

Dados Internacionais de Catalogação na Publicação (CIP)

V145b Valdez, Rodrigo
        Berkut : contos. / Rodrigo Valdez. – Porto Alegre: BesouroBox, 2022.
        120 p. ; 14 x 21 cm

    ISBN: 978-65-88737-88-0

        1. Literatura brasileira. 2. Contos. I. Título.

                                      CDU 821.134.3(81)-34

Bibliotecária responsável Kátia Rosi Possobon CRB10/1782

Copyright © Rodrigo Valdez, 2022.

Todos os direitos desta edição reservados a
Edições BesouroBox Ltda.
Rua Brito Peixoto, 224 - CEP: 91030-400
Passo D'Areia - Porto Alegre - RS
Fone: (51) 3337.5620
www.besourobox.com.br

Impresso no Brasil
Setembro de 2022.